भावाभिव्यक्ति

काव्य-संग्रह

I0657218

अनुराग दीक्षित

साहित्यपीडिया पब्लिशिंग

साहित्यपीडिया पब्लिशिंग

नोएडा (भारत) – 201301

दूरभाष - (+91) -9618066119

ईमेल - publish@sahityapedia.com

वेबसाइट - publish.sahityapedia.com

प्रथम संस्करण – 2019

ISBN - 978-93-89100-16-7

प्राकथ्थन

किसी भी रचनाकार के लिए उसकी रचनाओं का प्रकाशित होना उसके लिए गौरवमय क्षण होता है, आज के इस इंटरनेट युग में भी पुस्तकों का अपना महत्वपूर्ण स्थान है पाठकों के लिए पुस्तक एक सहज पठनीय सामग्री है। इस रचना संग्रह की कवितायें किसी भी पाठक को एक धनात्मक ऊर्जा से परिपूर्ण करने में सक्षम हैं साथ साथ हमारी समृद्ध सांस्कृतिक विरासत की झलक भी इनमें परिलक्षित होती है यथा "पद्मिनी मातृ शक्ति सम्मान" यह रचना त्याग एवं वलिदान की प्रतिमूर्ति महारानी पद्मिनी पर लिखी गयी है जो हमें हमारी मातृ शक्ति का सम्मान करने की प्रेरणा देती है, प्रेरक रचनाओं में 1-"हर कोशिश कुछ देकर जाती, 2-पग-पग पर है प्रबल परीक्षा 3-कर्मवीर का धैर्य आदि, इसके अतिरिक्ति पाठक को सहज ही सुखानुभूति कराने वाली रचनाएँ, यहाँ मेरा ऐसा प्रयास है की मेरी रचनाएँ भागमभाग जीवनचर्या के समय में राहत व सुकून दें साथ साथ छात्र वर्ग को भी नयी ऊर्जा से भर दें इस प्रयास में मैं कहाँ तक सफल हो पाया हूँ इसका आंकलन हमारे सुधी पाठक वर्ग को करना है।

मेरे इस प्रयास में साहित्यपीडिया पब्लिशिंग की महत्वपूर्ण भूमिका है जिसके माध्यम से मेरी अभिव्यक्ति आप सब को उपलब्ध हो सकी इसके लिए मैं उन्हें बहुत बहुत धन्यवाद देता हूँ।

शुभकामनाओं सहित

अनुराग दीक्षित

शिवनगर,

फर्रुखाबाद

अनुक्रम

1) सरस्वती वंदना

विद्या बुद्धि देऊ मातु शारदे नमन करूँ,
वाणी तन मन में शक्ति मातु भर दे!
भर दे नवीन रंग ढंग मातु कविता में,
हर के कलेश सुखमय मातु कर दे!
कर दे तू मोपे मेरी मातु आज उपकार,
काव्य कला भेद सभी जानूं मातु वर दे!
वर दे जननि वीणा वादिनी शरण तेरी,
कब से हूँ करता नमन मातु वर दे!

2) मैं गीत खुशी के गाता हूँ।

हँसता हूँ मुस्काता हूँ,
मैं गीत खुशी के गाता हूँ।

खुशियाँ जीवन्त करें जन को
सब साहस सम्बल दें मन को
फूलों सा पल पल मन महके
जीवन पतवार चलाता हूँ
हँसता हूँ मुस्काता हूँ,
मैं गीत खुशी के गाता हूँ।

मायूस न हों गर दुःख मिलता
कुछ अनुभव सीख, नया मिलता
व्यथित जनों को फिर फिर मैं,
नव धीरज हृदय बँधाता हूँ
हँसता हूँ मुस्काता हूँ
मैं गीत खुशी के गाता हूँ।

सबको खुशियों की राह मिले
सबकी अभिलाषा हो पूरी
ना दिखे कहीं पर मजबूरी
ईश्वर से यही मनाता हूँ
हँसता हूँ मुस्काता हूँ
मैं गीत खुशी के गाता हूँ।

मेहनत सब पीर हरे दुःख की
कर्मों से राह मिले सुख की
सुख शीतल छांव बताता हूँ
खुशियों की राह दिखाता हूँ
हँसता हूँ मुस्काता हूँ
मैं गीत खुशी के गाता हूँ।

3) तुम्हारी ये मोहक मुस्कान!!

तुम्हारी ये मोहक मुस्कान,
विकल कर जाती जीवन प्रान! ******************

अरे मृदु मधुर तुम्हारे वैन

दिखें चंचलतम दोनों नैन

किये नित व्यथित हमें दिन रैन

भंवें तेरी ज्यों काम कमान

तुम्हारी ये मोहक मुस्कान,
विकल कर जाती जीवन प्रान!**************************

ठगी सी रहे प्रीत मनुहार

ठिठक जाता मन बारम्बार

तुम्हारे सुरभित सज्जित केश

नहीं रह जाता ज्यों कुछ शेष

और उस पर यौवन की शान

तुम्हारी ये मोहक मुस्कान,
विकल कर जाती जीवन प्रान! ***************

4) करोगी तुम सोलह श्रृंगार, निहारोगी दर्पण हर बार!

रूप यौवन अनुपम अभिराम

बसन छीने छवि कोटिक काम

नयन तकते न थकें अविराम

प्रकृति का सुन्दरतम उपहार,

प्रीत का ज्यों अटूट आधार

करोगी तुम सोलह श्रृंगार, निहारोगी दर्पण हर बार!*******************

देखता कौन तुम्हे ये मौन

दर्प दर्पण का छीने कौन

ठिठक यूँ ही दर्पण रह जाए

मूक दर्शक ज्यों हो असहाय

तुम्हें यूँ पल पल रहा निहार

करोगी तुम सोलह श्रृंगार, निहारोगी दर्पण हर बार!*******************

रूप रस रची गंध अनुराग

प्रीत बस पावन मधुर सुहाग

भ्रमर गुंजित मदमस्त पराग

मौन ही बस मन की मनुहार

विकसता जहाँ प्रीत त्यौहार

करोगी तुम सोलह श्रृंगार, निहारोगी दर्पण हर बार!*******

5) तुम तो हो नादां, मोहब्बत क्या करोगी।

बहुत ही तुम तो हो नादां,
मोहब्बत क्या करोगी।
नहीं छूटा है अल्हड़पन,
वो वालापन वो चंचलपन
शरारत ही करोगी,
बहुत ही तुम तो हो नादां

मोहब्बत क्या करोगी।
कसक दिल की न समझोगी,
न पूछोगी न बोलोगी,
अदाओं से सताओगी,
दिवाना ही करोगी
बहुत ही तुम तो हो नादां
मोहब्बत क्या करोगी।

नहीं समझोगी मौसम को,
बहारों को नजारों को
मेरे सारे इशारों को
सुनयने दूर से ही रूप से
जादू करोगी,
बहुत ही तुम तो हो नादां
मोहब्बत क्या करोगी।

न आओगी न जाओगी
समझकर भी सताओगी रुलाओगी,
कहो कब तक हमारी जां
यूँ हमसे दूर जाओगी
अब तो मान भी जाओ
सयानी हो रहोगी,
बहुत ही तुम तो हो नादां
मोहब्बत क्या करोगी।

6) तुमको कोई गीत गाना चाहिए!

तुमको कोई गीत गाना चाहिए,
राग दिल का गुनगुनाना चाहिए।

नासमझ नादान नाजुक,
इस हृदय की प्रीत है,
गीत का हर शब्द तेरा,
तुझपे मेरी जीत है,
जीत का त्यौहार आना चाहिए
तुमको कोई गीत गाना चाहिए,
राग दिल का गुनगुनाना चाहिए,।

चार पल पहलू में तेरे जी लिए,
हमने तेरी प्रीत प्याले पी लिए
अब तो बस सुरूर छाना चाहिए
तुमको कोई गीत गाना चाहिए,
राग दिल का गुनगुनाना चाहिए.।

7) मोहब्बत एक खुशबू है!!

मोहब्बत एक खुशबू है, रूहानी सी सुहानी है,
ये वो अहसास है ज़ालिम कसक जिसकी पुरानी है
हो महसूस पल भर में ये किस्सा बेज़ुवानी है,
मोहब्बत एक खुशबू है, रूहानी सी सुहानी है

कभी मोहन की वंशी में, कहीं राधा की छम छम में
किसी मदमस्त सी गोरी की वो अलमस्त गुनगुन में
वसी हर सिम्त ये देखो, ये चेहरों की नूरानी है
मोहब्बत एक खुशबू है रूहानी सी सुहानी है

8) मोहब्बत और आंसू

मोहब्बत और आंसू का बड़ा किस्सा पुराना है
ये खुश्बू सी सुहानी है, वो ग़म का ताना बाना है
कोई खामोश हो रोता किसी के नैन हैं बहते
हमें अपना बनाकर के कि वो मेरे नहीं होते
ये बस सिक्के के दो पहलू यही इनका फसाना है
मोहब्बत और आंसू का बड़ा किस्सा पुराना है!!

उन्हें तुम याद हो करते उन्हें भी याद हो आते
ये किस्से प्रीत के दिल से निभाए दूर से जाते
ये है अहसास का ज़ज्वा बड़ा मुश्किल तराना है
कि वो मेरा ज़माना था कि ये तेरा जमाना है
मोहब्बत और आंसू का बड़ा किस्सा पुराना है!!

9) तुम जो फूलों सी खिलने कि कोशिश करो!

तुम जो फूलों सी खिलने कि कोशिश करो!
मै भ्रमर बन के गुन्जन सुना जाऊंगा।

दूर से प्रीत अहसास दिल मे भरो,
गीत जज्बात के गुन गुना जाऊंगा,
चांदनी की तरह चमचमाती रहो,
चांद बन के गगन पे मै छा जाऊंगा
तुम जो फूलों सी खिलने कि कोशिश करो,
मै भ्रमर बन के गुन्जन सुना जाऊंगा।।

दो कदम साथ चलने कि कोशिश करो,
साथ जन्मों का फिर मैं निभा जाऊंगा,
तुम जो दो पल खुशी के निछावर करो,
दो जहां की खुशी मै लुटा जाऊंगा,
तुम जो फूलों सी खिलने कि कोशिश करो
मैं भ्रमर बन के गुन्जन सुना जाऊंगा।

10) दर्द चाहत भरा इक हसीं जाम है

दर्द चाहत भरा इक हसीं जाम है
उफ़ मोहब्बत का अक्सर ये अंजाम है।

ना हो मायूस इसकी कसक को समझ,
इश्क़ की हर कशिश मुश्किलों को समझ,
वक़्त पर छोड़ दे व्यर्थ में मत उलझ
एक किस्सा पुराना बहुत आम है
दर्द चाहत भरा इक हसीं जाम है
उफ़ मोहब्बत का अक्सर ये अंजाम है।

चाँद किसको मिला है कहो आज तक,
प्यास पपिहे की बोलो बुझी आज तक,
सिर्फ चातक बना दूर से देखता
मेघ अब तक मयूरा मगन देखता,
मूक आराधना भी बड़ा काम है।
दर्द चाहत भरा इक हसीं जाम है
उफ़ मोहब्बत का अक्सर ये अंजाम है

कुछ कहो मत कहो दिख रही हर सुबह,
पीर पर्वत सी बढती रही हर सुबह,
मन भगीरथ बना तृप्ति की आस में,
तन भटकता रहा प्यास को पास में,
प्यास से ही फक़त तृप्ति का नाम है।

दर्द चाहत भरा इक हसीं जाम है
उफ़ मोहब्बत का अक्सर ये अंजाम है।

गम न कर दर्दे दिल की दवा ढूँढ ले,
इक रूहानी सुहानी दुआ ढूँढ ले
चार दिन का रहा चाँदनी का चलन,
सिर्फ खाली औ खाली रहा है गगन,
फिर वही खाली खाली सुबह शाम है
दर्द चाहत भरा इक हसीं जाम है
उफ़ मोहब्बत का अक्सर ये अंजाम है।

11) तेरी चाहत लिए गुनगुनाता रहा!

तेरी चाहत लिए गुनगुनाता रहा
कितने रंगीन सपने सजाता रहा।

मन में उठती उमंगों का इक जोश था,
तब कहाँ वक्त का कुछ हमें होश था
दिन-व-दिन देखने को तरसती नज़र,
तुझको पाने को रव को मनाता रहा
तेरी चाहत लिए गुनगुनाता रहा!
कितने रंगीन सपने सजाता रहा।

रोज का ये अहम एक था सिलसिला,
आज ना कोई शिकवा नहीं है गिला,
चाहने से कहीं कोई कब है मिला
वो ही मिलता जिसे रव मिलाता रहा,
तेरी चाहत लिए गुनगुनाता रहा
कितने रंगीन सपने सजाता रहा!

12) मैं बहारों का गुलशन सजाता रहा!

मैं बहारों का गुलशन सजाता रहा
हर अमावस को पूनम बनाता रहा।

वक़्त की चाल टेढ़ी दिखी जब मुझे,
राह कांटों में भी मैं बनाता रहा,
चैन इक पल मुझे ना मिला ना सही,
मुश्किलें दूसरों की मिटाता रहा।
मैं बहारों के गुलशन सजाता रहा
हर अमावस को पूनम बनाता रहा।

दर्द अपनों के खलते रहे उम्र भर,
जख़्म अपनों के छलते रहे उम्र भर,
पीर अन्तस में दब कर कराहती रही,
वेदना सह सतत मुस्कुराता रहा
मैं बहारों के गुलशन सजाता रहा,
हर अमावस को पूनम बनाता रहा।

क्यों भरोसा मुझे उनके वादों पे था,
झूठा वादा तो उनके इरादों में था
टूटे वादों इरादों से खा चोट मैं,
नीड़ मजबूत दिल का बनाता रहा
मैं बहारों के गुलशन सजाता रहा
हर अमावस को पूनम बनाता रहा!

13) पिया बिन सूना री सावन लागे।

सखी री मोहे घर आंगन न सुहावे
पिया बिन सूना री सावन लागे।

फूल खिले मुरझाए पिया नहिं आए,
पपिहा पिहु पिहु कूक मचाए जिया अकुलाये
पुरवा अगन लगाए हिया झुलसाये,
रतिया बैरन निदिया न आवे
सखी री मोहे घर आंगन न सुहावे
पिया बिन सूना री सावन लागे।

छम छम पायलिया पुकारे कंगना झनकारे
बदरवा घिर आये कारे कारे
नयनवा बरसत सांझ सकारे
कछु नहिं सूझे कछु नहिं भावे
सखी री मोहे घर आंगन न सुहावे पिया बिन सूना री सावन लागे।

बरखा अगन लगाए सहा नहिं जाए,
सखी री मोरी दरपन मनहिं डराये
काहे मोरे सजनवा न आये
कब वा विरियां आवे सजनवा
मोहे गले लगावे
सखी री मोहे घर आंगन न सुहावे
पिया बिन सूना री सावन लागे

14) हुआ तन्हा सफर मुश्किल।

चलो फिर से मिलाएं दिल
समय ने ज़ख़्म दे फाड़ी है,
अपनी प्रीत की चादर
चलो फिर जोड़ देते हैं
इसे हम प्रेम से सिल सिल
हुआ तन्हा सफर मुश्किल
चलो फिर से मिलाएं दिल।

उन्हें हम मिल के दें खुशियाँ
जो गुरबत में मरें तिल तिल
किसी की आँख का पानी
धवल मोती बनाएं मिल
हुआ तन्हा सफर मुश्किल
चलो फिर से मिलाएं दिल।

किसी मरुभूमि पर जाकर,
विहंस हम फिर खिलाएं गुल
व्यथित भटके मुसाफिर को
मिले उसकी नई मंजिल
हुआ तन्हा सफर मुश्किल
चलो फिर से मिलाएं दिल।

चलो लेकर शपथ हम सब

बनाएं एक बेहतर कल

ये छोड़ो बैर का नाता

रहें हम लोग सब हिल मिल

हुआ तन्हा सफर मुश्किल

चलो फिर से मिलाएं दिल

15) मन की पीड़ा का मोल नहीं।

सन्नाटे भीतर से चीरें
उस पर समाज की जंजीरें
उर अन्तस पीर सहें धीरे
हो रहें व्यथित कुछ बोल नहीं
मन की पीड़ा का मोल नहीं।

तू साहस शील हृदय में रख,
साक्षी बन सुख दुःख का फल चख
शायद ईश्वर है रहा परख
सबके आगे मुँह खोल नहीं
मन की पीड़ा का मोल नहीं।

जलनिधि गहरा गंभीर रहा
सहता वो सारी पीर रहा
उसकी चाहत में बूंद बूंद
गलता हिमगिरि का नीर रहा
उथलापन ले तू डोल नहीं
मन की पीड़ा का मोल नहीं।

16) आह और वाह!

आह मन की व्यथा, एक सघन पीर है!
दर्द का व्याकरण नैन का नीर है।

वेदना व्यक्त होती सतत् आह में
पाँव कंटक चुभे ज्यों कहीँ राह में
आह दुःसह नियति का चला तीर है
आह पीड़ित व्यथित द्रोपदी चीर है
आह मन की व्यथा एक सघन पीर है
दर्द का व्याकरण नैन का नीर है।

वाह चहका हुआ सा चकित चाव है,
एक लहर सा खुशी का मृदुल भाव है
वाह जादू जगाता जगत राग है
वाह बहका हुआ सा मगन फाग है
आह और वाह दोनों जरूरी यहाँ,
गर बदलनी यहाँ अपनी तकदीर है।
आह मन की व्यथा एक सघन पीर है,
दर्द का व्याकरण नैन का नीर है।

17) सखी री प्रीत की रीत पुरानी।

मीरा तप के प्रेम अगन में,
जोगन बनीं दिवानी
कान्हा की वंशी की धुन पर
राधा सुध विसरानी
सखी री प्रीत की रीत पुरानी।

गोपिन प्रीत करी मोहन से,
पाती सुन पगलानी
प्रीत करी मीनन ने जल से
दूर होत अकुलानी
सखी री प्रीत की रीत पुरानी।

कह गये लोग सयाने सांची
डगर नहीं ये सुहानी
प्रीत में चैन मिले नहिं पल भर
ना करियो नादानी
सखी री प्रीत की रीत पुरानी।

18) मोये ऐसे निहारो न मोरे पिया

मोये ऐसे निहारो न मोरे पिया,
उठ रही है कसक बावरा सा जिया

ले चलो तुम मुझे प्रीत के लोक में
मेरे मनमीत जीवन समर्पित किया
छोड़ देना न तुम मुझको मझधार में
मांगती हूँ वचन आज तुमसे पिया
मोये ऐसे निहारो न मोरे पिया
उठ रही है कसक बावरा सा जिया

ना रहें फासले ना रहें दूरियां,
जन्म जन्मों को अपना मिलन है पिया
मेरा सौभाग्य तुमसे ही मेरे सजन,
मेरी मेंहदी महावर तुम्हीं से पिया
मोये ऐसे निहारो न मोरे पिया
उठ रही है कसक बावरा सा जिया

मैंने माना हूँ तुम बिन अधूरी सजन
तुम हो दीपक तो मैं तुम्हरी बाती पिया
मैं सुहागन रहूँ जन्म जन्मों तलक
मातु गौरा से मैंने ये वर है लिया
मोये ऐसे निहारो न मोरे पिया
उठ रही है कसक बावरा सा जिया

19) अच्छा लगता है।

तुमको मन की बात बताना
पास बैठना और बैठाना
कभी रूठ जाने पर तेरे
प्यार जता कर तुझे मनाना
अच्छा लगता है।

कोई सुनें फिर गीत पुराना
रोते शिशु का मन बहलाना
बिछुड़ा मीत पुनः मिल जाना
छोटी छोटी खुशियाँ पाना
अच्छा लगता है।

जीवन है नित चलते जाना
कल का कोई नहीं ठिकाना
कौन यहाँ अपना बेगाना
फिर भी अपना प्यार पुराना
अच्छा लगता है।

भूखे को भोजन मिल जाये
और प्यासे को पानी
रहें कर्मरत जन भारत के
माँ की चूनर धानी
सबको सुख का मिले खजाना

दया धर्म का भाव जगाना
अच्छा लगता है।

20) जिन्दगी है एक कोरी सी किताब

जिन्दगी है एक कोरी सी किताब
जिसमें लिखना है हमे हर एक हिसाब।

इसका हर एक शब्द एक एक पल हुआ,
एक सफ़ा है आज तो एक कल हुआ
इसमें लिखने कर्म के कुछ प्रश्न हैं,
और प्रतिफल में मिलें जिसके जवाब
जिन्दगी है एक कोरी सी किताब
जिसमें लिखना है हमे हर एक हिसाब।

जन्म से जीवन सतत् कुछ प्रश्न उत्तर,
दिख रहा है वालपन में मुग्ध तन-मन,
और उस पर झूमता मद मस्त यौवन,
छा रहा हर सिम्त ये कैसा शवाब?
जिन्दगी है एक कोरी सी किताब
जिसमें लिखना है हमे हर एक हिसाब।

कह गये भूषण सुकवि पुंगव सभी
जब तलक यौवन रहे गौरव तभी,
हर सफ़े पर गुन गुनाती एक ग़ज़ल,
हर ग़ज़ल के साथ एक छोटा गुलाब
जिन्दगी है एक कोरी सी किताब
जिसमें लिखना है हमे हर एक हिसाब।

हो रहा है शिथिल ताना अब कहाँ वो मस्त बाना,

आत्मबल से बढ़ रहा,तन कर सदा बनकर सयाना

लिख रहा अनुभव समेटे कालजय प्रतिमान,

पूर्ण करने को सभी अपने अधूरे ख्वाब

जिन्दगी है एक कोरी सी किताब

जिसमें लिखना है हमे हर एक हिसाब!

21) पग-पग पर है प्रबल परीक्षा आगे बढ़ते जाना है!

धैर्य शील संयम अनुशासन,
को पाथेय बनाना है
चार कदम पर मंजिल ठहरी,
मंजिल हमको पाना है
राह कंटीली हों गिरी गह्वर,
हमें नहीं घबराना है
पग-पग पर है प्रबल परीक्षा
आगे बढ़ते जाना है! *************************

निश्चित होगी विजय हमारी,
साहस नहीं डिगाना है
तप कर काया कंचन बनती,
मेहँदी पिस कर रंग लाती
पिस-पिस तप-तप कर मिल जाता,
सुख का नया खजाना है
पग-पग पर है प्रबल परीक्षा
आगे बढ़ते जाना है! *************************

हरकत से ही बरकत मिलती,
मेहनत मीठा फल देती
नन्हीं चीटी गिरकर उठती,
हर पल हमसे कह देती

मेहनत को हथियार बनाकर
हमको लड़ते जाना है
पग-पग पर है प्रबल परीक्षा
आगे बढ़ते जाना है! ***********************

22) साथी गर तू साथ निभाए नामुमकिन मुमकिन हो जाये!

माना है दो पग की दूरी,
पग भर में ही कर लें पूरी
तेरा मेरा व्यर्थ सभी है
हम हो हम हरषायें
साथी गर तू साथ निभाए
नामुमकिन मुमकिन हो जाये!***************************

मिलन पूर्ण किस्मत का लेखा,
कौन घड़ी कब किसने देखा
कभी मिलन तो कभी जुदाई
आ हम हाथ बढ़ायें
साथी गर तू साथ निभाए
नामुमकिन मुमकिन हो जाये!***************************

कौन रखे कल की अभिलाषा
जीवन है अतृप्त पिपासा,
यौवन घट अमृत जल भर दे,
प्यास तृप्त हो जाये
साथी गर तू साथ निभाए
नामुमकिन मुमकिन हो जाये!***************************

23) साथी साथ सुहाना तेरा जीवन बगिया महकाए।

साथी साथ सुहाना तेरा
जीवन बगिया महकाए।

हर मुश्किल आसान बने
निज मार्ग सुगम होता जाए,
रीति अनोखी इस जीवन की,
धूप छाँव आए जाए,
साथी साथ सुहाना तेरा
जीवन बगिया महकाए।

प्रीत तुम्हारी सम्बल मेरा
शक्ति अनोखी भर जाए,
पुष्पित हों तरु पादप पल्लव
सुरभित मन्द पवन आए,
साथी साथ सुहाना तेरा
जीवन बगिया महकाए।

साथ न छूटे साथी तेरा
ईश्वर से वर मिल जाए
विपुल रहे फुलवारी सारी
हर्षित मन नित मुस्काए
साथी साथ सुहाना तेरा
जीवन बगिया महकाए।

24) कर्मवीर का धैर्य!!

नियति मार्ग मे पग पग पर है ठोकर लाती,
कर्मवीर का धैर्य मगर है कहाँ डिगाती।

जो राह बनाते सदा चीर प्रस्तर की कारा,
साहस से भय भूत सदा रहता है हारा,
लक्ष्य भेदने को जो प्रतिपल आगे बढते,
आगे बढ इतिहास प्रबलतम बे हैं गढते,
साहस, शील, सत्य संयम की जो हैं थाती,
नियति मार्ग मे पग पग पर है ठोकर लाती,
कर्मवीर का धैर्य मगर है कहाँ डिगाती।।

कर्मवीर की कर्मठता ही उसका धन है,
कर्मवीर को सदा नमन करता जन-जन है,
भाग्य स्वयं उसकी जीवटता से डरता है,
जो जीवन मे कर्मठता -वैभव भरता है,
क्रियाशीलता जव मूरत बन खुद ढल जाती,
नियति मार्ग मे पग-पग पर है ठोकर लाती,
कर्मवीर का धैर्य मगर है कहां डिगाती।।

25) हर कोशिश कुछ देकर जाती

हर कोशिश कुछ देकर जाती
कठिन राह आसान बनाती।

कोशिश कर जब भी तू हारा,
बहुत पास था तेरे किनारा
मंजिल भी चलकर आ जाए,
जो तू पूरी जान लगाए
कहाँ कमी थी हमे बताती,
हर कोशिश कुछ देकर जाती
कठिन राह आसान बनाती।

निष्फल कहाँ प्रयास तुम्हारा
भाग्य कर्म से सदा है हारा,
मेहनत कभी व्यर्थ ना जाती
नई सीख कुछ लेकर आती,
प्रतिपल-प्रतिक्षण हमे सिखाती
हर कोशिश कुछ देकर जाती
कठिन राह आसान बनाती।

श्वास वायु हममें दम भरते
लक्ष्य सुनिश्चित कर पथ गढते
जलचर, नभचर सारे चलते
धरती चाँद सितारे चलते,

प्रेरक हो सम्बल बन जाती
हर कोशिश कुछ देकर जाती
कठिन राह आसान बनाती।

26) समय का चक्र पूर्ण गतिमान!

समय का चक्र पूर्ण गतिमान
उद्यमी को उद्यम संधान ****

किसी को दो पल काम तमाम
किसी की खाली उम्र तमाम
कोई रो देखे किस्मत लेख,
किसी के कालजयी प्रतिमान
समय का चक्र पूर्ण गतिमान
उद्यमी को उद्यम संधान ****

किसी को वक्त लगे अनमोल
किसी को नहीं वक्त का मोल
रहे सुख-दुख में एक समान
वही कहलाता व्यक्ति महान
समय का चक्र पूर्ण गतिमान
उद्यमी को उद्यम संधान ****

वक्त से होते हैं दिन-रात
वक्त की कठिन समझना बात
वक्त का सदा रखे जो ध्यान
वही पाता जग में सम्मान
समय का चक्र पूर्ण गतिमान
उद्यमी को उद्यम संधान ****

27) मनुज में है असीम सामर्थ्य!

मनुज में है असीम सामर्थ्य,
समझ लो लगे लोक हित अर्थ!**********************

लक्ष्य बिन शक्ति रहे निरुपाय
विचरते जीव अधम असहाय,
शक्ति जो निर्वल को हो सहाय
वही सच्ची सामर्थ्य कहाय,
शक्ति ना कभी गंवाएं व्यर्थ
मनुज में है असीम सामर्थ्य,
समझ लो लगे लोक हित अर्थ!**********************

प्रभु ने दिया शक्ति वरदान
रखें प्रतिपल इसका सम्मान
सर्वदा अनुचित है अभिमान,
काल रखता है दण्ड विधान
कहीं ना होवे कोई अनर्थ
मनुज में है असीम सामर्थ्य,
समझ लो लगे लोक हित अर्थ!********

28) धैर्य गुण सबसे प्रबल प्रधान!

धैर्य गुण सबसे प्रबल प्रधान,
मनुज को ये रहस्य वरदान!*****************************

परीक्षा का ये स्वयं सन्देश
मधुर फल मिलते जहाँ विशेष,
गुणीजन रखते हैं ये अस्त्र
अधीर सर्वदा रहता त्रस्त
महाकवि करते येही वखान
कबीरा औ रहीम रसखान
धैर्य गुण सबसे प्रबल प्रधान,
मनुज को ये रहस्य वरदान!*****************************

सफलता का ये सुंदर साज़
सफलतम के मस्तक का ताज
समन्वित जीवन धन का राग
परस्पर बढे नेह अनुराग
कर्म कर धीरज धरें समान
कर्म फल देते हैं भगवान
येही गीता सन्देश महान
धैर्य गुण सबसे प्रबल प्रधान,
मनुज को ये रहस्य वरदान!*****************************

कर्म कर धीरज को प्रतिबद्ध
सफलता उनको है कटिबद्ध
नहीं इसमें किंचित संदेह
सफलता का ये सुंदर गेह
धीर धर करें ईश का ध्यान
धैर्य गुण सबसे प्रबल प्रधान,
मनुज को ये रहस्य वरदान!**************

29) शब्द होते हैं अति अनमोल!

शब्द होते हैं अति अनमोल,
इन्हें तू सोच समझ कर बोल!*****************

शब्द हैं नाद ब्रह्म का रूप,
रचाते सुन्दर गीत अनूप,
प्रथमतः मन में ले तू तोल
शब्द होते हैं अति अनमोल,
इन्हें तू सोच समझ कर बोल!*****************

शब्द हैं नवल सृष्टि का राग,
मीत मन का पावन अनुराग,
भ्रमर दल गुंजित सुमन पराग
भेद मन का सब देते खोल
शब्द होते हैं अति अनमोल,
इन्हें तू सोच समझ कर बोल!*******

30) आस का सूरज उगे चहुँ ओर, प्राची से उजेरा

आस का सूरज उगे चहुँ ओर प्राची से उजेरा,
नव प्रभाती की किरन से आस का मधुमय सवेरा।

लोक गुन्जित हो सकल,
नव पुष्प तरु फूलें फलें
चहुँ ओर हो खुशहाल जीवन,
मलिन मुख मण्डल खिलें,
कव रुका है तिमिर दुःसह नित नवल विहान में
तू जगा नव आस औ विश्वास नव सुर तान में
ना रहे जग मे कहीं,
दुख क्लेश औ गम का अन्धेरा,
आस का सूरज उगे चहुँ ओर प्राची से उजेरा,
नव प्रभाती की किरन से आस का मधुमय सवेरा।

शक्ति का आभास कर में
है वंधी नव आस उर में,
लाख कांटों का सफर पर,
चल दिखा संघषॅ तेरा,
कर्मयोगी को सका कव रोक, ये दुसह अन्धेरा,
और तू गर देख सकता देख,
मार्ग प्रशस्त तेरा,
आज नभ से भी घटेगा,

तिमिर का वादल घनेरा,
आस का सूरज उगे चहुँ ओर प्राची से उजेरा
नव प्रभाती की किरन से आस का मधुमय सवेरा।

31) क्षमा दया नैसर्गिक गुण हैं, ये हम भूल न जाएँ!!

जीवन सेज सामान नहीं है,

मानव भी भगवान् नहीं है,

क्रोध शमन आसान नहीं है,

किन्तु रहें इंसान बने हम,

सदमार्ग अपनाएं, ********

क्षमा दया नैसर्गिक गुण हैं, ये हम भूल न जाएँ!!

कार्य क्षेत्र में उन्मुख हों जब

क्रोधानल के वशीभूत हों,

किन्तु गेह की ओर चलें जब,

भूलें सभी विसार क्षमा कर,

शान्ति सुधा वरसाएँ,********

जीवन को भरपूर जियें हम,

लक्ष्य नए नित रोज चुने हम,

कभी कही पर ख़ुशी राह में,

कहीं विकट आघात,

किन्तु क्षमा गुण है वरिष्ठ का

लघुतम का उत्पात,

इसे पाथेय बनायें

क्षमा दया नैसर्गिक गुण हैं, ये हम भूल न जाएँ!!

32) सब राही अपनी राह गए

सब राही अपनी राह गए क्यों अपलक नैन निहार रहे,

नयनो में मृदु अमृत रस भर जन जन का पंथ पखार रहे,

कब कौन किसे मिल पाता है सब तो विधना का नाता है,

कुछ दूर गए कुछ पास गए,

सब राही अपनी राह गए क्यों अपलक नैन निहार रहे

सबका सपना साकार रहे सबकी अभिलाषा हो पूरी

सबको हृदयंगम करनी है थोड़ी सी जो भी है दूरी,

सबकी अपनी है मजबूरी,

कुछ आस लिए हर बार रहे

सब राही अपनी राह गए क्यों अपलक नैन निहार रहे

राहों का क्या रह जाती हैं अन्तः पीड़ा सह जाती हैं

सब की यात्रा करती पूरी

अनगिनत राह को पथिक मिले,

संख्या होती निशि दिन दूनी

पर राह पड़ी राह जाती है जाने क्यों सूनी की सूनी

फिर भी राहों को है सुकून सबका सपना साकार किया

सबको जीवन अमृत घट दे

अपना सर्वस्व निसार किया

कुछ जीत गए कुछ हार गए

कुछ जीवन धन कर पार गए कुछ बापस गेह निहार रहे

सब राही अपनी राह गए क्यों अपलक नैन निहार रहे

33) मेरा हो हर अरमान तुम्हीं!

तुम्हीं हो दुनियां तुम्हीं हो ज़न्नत,

और मेरी तक़दीर तुम्हीं,

तुम्हीं हो जां और तुम्हीं ज़िंदगी,

और मेरी जागीर तुम्हीं

तुम्हीं हो दिल में, तुम्हीं हो मन में,

और मेरे ख्वावो में तुम्हीं

जब है सोचा तब है पाया,

मेरा हो हर अरमान तुम्हीं!

34) प्यार की मूरत को दिल सा एक मंदिर चाहिए!

चाहिए उल्फत का गुल सजदों का गुलशन चाहिए,
एक पल में ही तुम्हें अहसास भी हो जायेगा
महसूस करने को तुम्हें जज्वात मेरे चाहिए
सजदों का गुलशन चाहिए, उल्फत का एक गुल चाहिए
प्यार की मूरत को दिल सा एक मंदिर चाहिए! ************

चाहिए तुमको नजाकत के कई अंदाज़ पर
तीरे दिलकश मारने का एक सलीका चाहिए
चाहिए उल्फत का गुल, सजदों का गुलशन चाहिए
प्यार की मूरत को दिल सा एक मंदिर चाहिए! ************

तुम कहो तो ला पिन्हाँ दू तर्जनी में चाँद को,
आसमाँ जैसा मगर तेरा कलेजा चाहिए
सजदों का गुलशन चाहिए, उल्फत एक गुल चाहिए,
प्यार की मूरत को दिल सा एक मंदिर चाहिए! ************

तेरी खातिर बन सवेरा रोज़ आऊं द्वार पर
रुख पे अलसाती लटों का एक नज़ारा चाहिए
सजदों का गुलशन चाहिए, उल्फत एक गुल चाहिए,
प्यार की मूरत को दिल सा एक मंदिर चाहिए! ************

35) आए कोई पास मेरे, अपना बनाने आए!

खोलकर अपनी उनीदी पलकें,
अपने ख्वाबों को मेरे दिल में सजाने आए
राह कट जाएगी यूँ ही चलके
दो कदम जो वो मेरे साथ बढ़ाने आए
आए कोई पास मेरे, अपना बनाने आए!

तुम भी एक रोज़ चलो कोई बहाना कर के,
तुम से मिलने को हमें लाख बहाने आए
मेरी हसरत के खिले फूल ये मुरझा कर के,
कैसे आँखों में ये दो बूँद सुहाने आए
आए कोई पास मेरे, अपना बनाने आए!

36) आँखें हृदय का द्वार हैं!

आँखें हृदय का द्वार हैं,
संवेदना संचार हैं!

महसूस करती हैं कशिश,
अहसास प्यार दुलार सब
जीवंतता का गुण अनोखा,
प्रेम का आधार हैं,
आँखें हृदय का द्वार हैं,
संवेदना संचार हैं!*************

व्यक्त कर सकतीं सभी
ये भाव को निशब्द ही,
बंद हो कर भी सतत,
हर स्वप्न को तैयार हैं
आँखें हृदय का द्वार हैं,
संवेदना संचार हैं!**************

ये छलक जातीं न कहतीं
वेदना और पीर को
प्रीत का सागर अलौकिक,
प्रेम की पतवार हैं
आँखें हृदय का द्वार हैं,
संवेदना संचार हैं!*************

37) मैं हूँ आज अधीर प्रिये ....!

मैं हूँ आज अधीर प्रिये, तुम मन मेरा बहलाओ रे,

भूल गया हूँ मार्ग प्रिये मैं,तुम ही मार्ग दिखाओ रे,

आज मुझे ये विश्व प्रिये है शून्य-शून्य सा लगता,

ऐसे में तुम आकर मुझ को जीवन राग सुनाओ रे

मैं हूँ आज अधीर प्रिये, तुम मन मेरा बहलाओ रे! ************************

देखो तो ये अवनि अरे ये भी नभ पर मरती है

निर्जन में अति दूर क्षितिज पे जाकर ये मिलती है,

फिर क्यों तू यूँ ही उदास हो मिलने से डरती है,

भय का कर परित्याग आज कुछ सपने नए सजाओ रे

मैं हूँ आज अधीर प्रिये, तुम मन मेरा बहलाओ रे!***********************

मेरे इस चंचल मन की कुछ चंचलता हर ले जाओ,

और अधीर हृदय को भी कुछ धीरज सुनो बंधा जाओ,

आओ इस वीरान मरुस्थल में बहार बन छाओ रे

मैं हूँ आज अधीर प्रिये, तुम मन मेरा बहलाओ रे!**************

38) मन में जो शीतलता भर दे वो नव गीत कहाँ से लाऊँ!

खुद्दारी, फितरत है मेरी, पहल न करना कसम तुम्हारी
क्यों इतने चुप चुप रहते हो, बोल न दो मुख से कहते हो,
खुद ही खुद से प्रश्न करूँ क्या और खुद ही उत्तर बन जाऊँ
मन में जो शीतलता भर दे वो नव गीत कहाँ से लाऊँ!

रंगो की तूलिका बनाने को जिसने शत रंग भरे हों
जीवन की दुर्गम राहों पे चन्द कदम भी संग धरे हों,
यादों का सम्बल बन जाये ऐसा मीत कहाँ से लाऊँ
मन में जो शीतलता भर दे वो नव गीत कहाँ से लाऊँ!!

यूँ तो जीवन साथी में हैं सारे गुण सच्चे मीतों से,
पर बचपन के मोहक मन में, वय किशोरपन के यौवन में
संग रहे जो स्मृति वन में, वो मनमीत कहाँ से लाऊँ
मन में जो शीतलता भर दे वो नव गीत कहाँ से लाऊँ!!!

39) अरमानों की बात न पूछो।

अरमानो की बात न पूछो
जज़्बातों की बस्ती में
हमने सौ सौ रंज उठाये
हंसकर पूरी मस्ती में।

जिसपे गुजरी वो ही जाने
कुछ भी कहना मुश्किल है
एक भंवर ने नाव डुवो दी
छेद नहीं था कश्ती में।

अरमानो की बात न पूछो
जज़्बातोंकी बस्ती में

एक शून्य का होता हरदम
केवल छोटा मान नहीं
छोटी चीज़ों से लग जाते
चार चाँद हैं हस्ती में।

अरमानों की बात न पूछो
जज़्बातोंकी बस्ती में

40) पग पग पर साथ मिला तेरा।

पग पग पर साथ मिला तेरा
हर पल विश्वास मिला तेरा
जीवन पथ सुगम हुआ मेरा
सुखमय आधार मिला तेरा,

यूँ ही मुस्काती रहो सदा
लेकर प्यारी सी नई अदा
ये चमन पल्लवित पुष्पित हो
खुशियों का मेला रहे लगा।

41) भाव एक गीत है, मन का संगीत है!

भाव एक गीत है, मन का संगीत है,
भावना की सघन एक अनुभूति है।

भाव से कामना भाव से साधना,
भाव से है सकल देव आराधना
भाव है वेदना,भाव है चेतना
भाव से ही बनी ये सभी नीति है।

भाव एक गीत है,मन का संगीत है
भावना की सघन एक अनुभूति है।

भाव वंशी मधुर श्याम की तान है,
भाव विरहा व्यथित गोपिका गान है
भाव से मान है भाव सम्मान है
भाव से ही रचित हार औ जीत है।

भाव एक गीत है मन का संगीत है,
भावना की सघन एक अनुभूति है।

भाव से चाह है भाव से आह है,
भाव से ही सरल औ कठिन राह है
भाव से त्याग है भाव से वासना
भाव से ही रचित प्रेम और प्रीत है

भाव एक गीत है मन का संगीत है
 भावना की सघन एक अनुभूति है।

भाव से भेद है भाव से खेद है,
भाव गीता रचित भाव से वेद है
भाव से ग्रीष्म है भाव से शीत है
भाव से शत्रुता भाव से मीत है

भाव एक गीत है मन का संगीत है
 भावना की सघन एक अनुभूति है!

42) कथनी करनी में भेद न कर!

कथनी करनी में भेद न कर,
उठ चल अब और अबेर न कर!

सीधा सच्चा जीवन पथ रख
कर्मों का निज अमृत रस चख,
तू जाति धर्म विचार न कर
तज ऊंच नीच अब देर न कर!

कथनी करनी में भेद न कर,
उठ चल अब और अबेर न कर!

तू राष्ट्र धर्म सर्वोपरि रख,
निवलों-विकलों में ईश्वर लख
सादा तन उच्च विचार परख
खाये वर्तन में छेद न कर

कथनी करनी में भेद न कर,
उठ चल अब और अबेर न कर

43) मनुज तू क्यों इतना मगरूर!

मनुज तू क्यों इतना मगरूर
मोह-मद मादकता में चूर।

स्वप्नवत जीवन का अध्याय,
जतन कर कुछ तो करे उपाय
धन्य ये मानवता हो जाय,
सीख ले कुछ तो आज सबूर
मनुज तू क्यों इतना मगरूर
मोह-मद मादकता में चूर!

बड़ी नाजुक जीवन की डोर
डोर का छोर कहाँ किस ओर
नहीं इसका कोई आभास,
अरे फिर किसका करे गुरुर
मनुज तू क्यों इतना मगरूर
मोह-मद मादकता में चूर।

रखे जो निज गौरव सम्मान
यही सच में है स्वाभिमान
करे जो औरों का अपमान
स्वयंभू होकर रहे सुदूर
मनुज तू क्यों इतना मगरूर
मोह-मद मादकता में चूर!

44) अपना कह कह जग मुआ!

1-अपना कह कह जग मुआ
अपना ना कछु होय,
तन, कंचन, सुत, कामिनी
सपने सा हर कोय!****

2-चल चल इन्सां चला चल
चल चल रहा भुलाय,
ना जाने किस मोड़ पे
काल खड़ा मिल जाय।******

3-तेरा मेरा सब गया,
गया मान अभिमान
आज वो ही शमशान में,
कल था जिन्हें गुमान!

45) जीवन रंग-बिरंगा मेला

साथी संगी सब दो पल के,
जाना जीव अकेला! *****************

जान बूझ कर बना नासमझ
खेले जीवन खेला
एक-एक कर आगे -पीछे
देखो रेलम पेला
जीवन रंग-बिरंगा मेला,

साथी संगी सब दो पल के
जाना जीव अकेला! *****************

कर लें सब तैयारी पूरी
किसे पता है कितनी दूरी
मृग तृष्णा है जीवन सारा
भागम-भाग झमेला
जीवन रंग-बिरंगा मेला,

साथी संगी सब दो पल के
जाना जीव अकेला! *****************

मन के दूर अँधेरे कर ले
दीपक बन चाहे तो जर ले
सत्कर्मों का अमृत पी ले

ये अमृत अलबेला
जीवन रंग-बिरंगा मेला,

साथी संगी सब दो पल के
जाना जीव अकेला! ***************

46) स्वार्थ जीवन का गूढ़ विधान!

स्वार्थ जीवन का गूढ़ विधान
समझना जिसे नहीं आसान!

स्वार्थ वश जुड़े सत्य सम्बन्ध,
आस के रचे जहाँ नव छंद
पतित छुद्रतम स्वार्थ अभिशाप,
बना जो नित जीवन को पाप,
रहे परमार्थ स्वार्थ निष्काम,
फूंकता जो जन जन में प्राण,

स्वार्थ जीवन का गूढ़ विधान,
समझना जिसे नहीं आसान!

आप को चरते पशु जग बीच,
स्वार्थमय जो कहलाते नीच,
रहे जो जीवन को गंभीर,
हरे ब्याकुलतम मन की पीर,
स्वार्थ भी जीवन को वरदान
रखे जो परहित का नित भान

स्वार्थ जीवन का गूढ़ विधान,
समझना जिसे नहीं आसान!

47) प्रेम का दीप, नेह का पुष्प!

प्रेम का दीप, नेह का पुष्प
कब जलेगा कब खिलेगा ह्रदय में हे राम!
कब तलक अपनी सुरभि को आप खोजेंगे सुमन,
कब नाभि की मणिगंध पायेगा हिरन अविराम,
और कब तक मेघ देखेगा मयूरा मौन,
आस में विश्वास छोड़ेगा अधूरा कौन,
हो चुका कितना अधीर व्यथित पथिक,
पूर्ण हो "अनुराग" मार्ग तब मिले विश्राम!!

48) ज़िंदगी जब तुझे नज़दीक से देखा मैंने!

ज़िंदगी जब तुझे नज़दीक से देखा मैंने
एक धुंधली सी तस्वीर नज़र आयी मुझे,
जैसे चलते हुए मुसाफिर को,
राह में दिख रही हो परछाईं,
राज गहरा है समझना मुश्किल,
ढूंढता है कि वशर शमो सहर जिस शै को,
वो ख्वाबगाह है एक ताजमहल के जैसी,
जहाँ मिलती है दर हकीकत में,
एक खोई हुई सी वीरानी,
इससे भूली हुई शमशानी हकीकत ही पाया मैंने,
ज़िन्दगी जब तुझे नज़दीक से देखा मैंने!!

49) दर्द का मारा होगा गीत!

बिछुड़ जब जाये किसी का मीत,
दर्द का मारा होगा गीत,

जहाँ से मन हो जाये उचाट,
दर्द भी कोई न ले जब बाँट,
प्रेम गागर भी हो जब रीत,
दर्द का मारा होगा गीत!

किसी से प्रीत करे कोई,
किन्तु हर जुवां रहे सोई,
नहीं हो कहीं प्रेम संगीत,
दर्द का मारा होगा गीत!

रहे जब दूर कोई परदेश,
याद आये जब अपना देश,
किन्तु आये न कोई मनमीत,
दर्द का मारा होगा गीत!

किसी से तुमको हो अनुरक्ति
किन्तु मिल भी न सके वो व्यक्ति,
करो संतोष औ जाओ जीत,
दर्द का मारा होगा गीत!

50) याद तुम्हारी आएगी!

जब जल से भरकर नभ में सावन की घटा छाएगी,
जब बागों में सुरमय कोयल गाएगी
जब मन में उठ उठ के कसक रह जाएगी,
याद तुम्हारी आएगी!

तुम से परे कहाँ जाऊं मैं,
तुम विन कहीं न जी पाऊँ मैं
जब भी कोई बात प्रीत की आएगी
याद तुम्हारी आएगी!

प्रेम पंथ पे चल पाना सब को तो होता है दुस्तर
पर तेरे बिन मेरे मन में चुभता हो ज्यों कोई नस्तर,
होगी जब आधी रात चांदनी छाएगी
याद तुम्हारी आएगी!!!!

तुम तो कहीं दूर बैठे हो
शायद मुझे भूल बैठे हो
आज तुम्हारी शोखी किसे लुभाएगी
याद तुम्हारी आएगी!!

51) तुम प्रीत मेरी बिल्कुल ऐसी!

तुम प्रीत मेरी बिल्कुल ऐसी
तुम मेरे सच्चे गीतों सी
तुम मेरे पक्के मीतों सी
राधा की मधुर मूरत जैसी
तुम प्रीत मेरी बिल्कुल ऐसी!

पवन वेदों की ऋचाओं सी
तुम चंद्र की चंद्र कलाओं सी
जीवन की मृदु आशाओं सी
तुम प्रेम सिंधु के जल जैसी
तुम प्रीत मेरी बिल्कुल ऐसी!

ईश्वर के चरण राज बंदन सी
तुम सुरभित मोहक चन्दन सी
चंचल कौशिल्या नंदन सी
सुरसरि में संध्या दीप जैसी
तुम प्रीत मेरी बिल्कुल ऐसी!

52) बस तुम्हारे लिए!

फूल खिलता है क्यों,
दिन निकलता है क्यों,
रात ढलती है क्यों,
यों तमन्ना किसी की मचलती है क्यों,
बस तुम्हारे लिए!

पर्वतों की छटा, बादलों की घटा,
मौसमों की हवा रुख बदलती है क्यों
क्यों बना ये गगन, चाँद तारे सघन,
पपीहा ये पिहु -पिहु सुनाता है क्यों
बस तुम्हारे लिए!

प्रीत पलती है क्यों
श्वांस चलती है क्यों
क्यों है दिल में चुभन
क्यों लगी है लगन
बस तुम्हारे लिए!

क्यों बनी दूरियां,
क्यों हैं नज़दीकियां
क्यों दवी सी जुवां पे कोई बात है,
क्यों ये ज़ज्बात हैं,
बस तुम्हारे लिए!

53) क्या हुआ है मुझे मैं नहीं जानता!

क्या हुआ है मुझे मैं नहीं जानता
बस तेरे पास आने को दिल मांगता!

तेरे पास आऊं तुझको ही देखा करूँ
तुमसे मिलने की राहें मैं खोजा करूँ
हर गली से तेरा मैं पता मांगता

क्या हुआ है मुझे मैं नहीं जानता
बस तेरे पास आने को दिल मांगता!

तेरी तस्वीर आंखों में है बस गयी
इस चमन में नयी इक कली खिल गयी
ख़ाक गुलशन की मैं बस रहा छानता

क्या हुआ है मुझे मैं नहीं जानता
बस तेरे पास आने को दिल मांगता!

तेरे हाथों की मेंहदी मैं बन ना सका
केश को तेरे मैं पुष्प चुन ना सका
प्यार मुझको खतावार है मानता

क्या हुआ है मुझे मैं नहीं जानता
बस तेरे पास आने को दिल मांगता

प्रीत पावन तुम्हारी खुदा की कसम
रीत विपरीत उल्टी यहाँ की रसम
तेरे अर्चन को बस दो सुमन मांगता

क्या हुआ है मुझे मैं नहीं जानता
बस तेरे पास आने को दिल मांगता!

54) न है जब तेरे मिलन की आस चाहिए हमें नहीं मधुमास!

न है जब तेरे मिलन की आस
चाहिए हमें नहीं मधुमास!

खिलेंगे जब पतझड़ के फूल
चुभेंगे बनकर के नव शूल
भ्रमर की गुंजन धुन सुन पास
खोल देती कलिका दल न्यास
नहीं ये प्रीत नहीं परिहास

न है जब तेरे मिलन की आस
चाहिए हमें नहीं मधुमास!!

प्रीत गर तुमको है कोई भूल
झाड़ देना ज्यों लिपटी धूल
बनेंगे हम भूला इतिहास
बनो प्रियतम की प्रीत प्यास
प्रेम का मिले नया आकाश

नहीं जब तेरे मिलन की आस
चाहिए हमें नहीं मधुमास!!

55) याद हमारी आएगी!

याद हमारी आएगी!

जब रजनी के प्रथम प्रहर में कोयल गीत सुनाएगी
जब गमले में लग गुलाब की कली कली खिल जाएगी
जब उन्मुक्त झरोखों से झर रिमझिम बारिश आएगी
याद हमारी आएगी

जब नव प्रीत लिए उर में वो साजन के घर जाएगी
जब प्रीतम की प्रीत लिए वो घूंघट में शर्माएगी
जब मिश्री के वोलों में घुल वो सर्वस्व लुटाएगी
याद हमारी आएगी!!

जब सखियों से बातें कर वो मंद मंद मुस्कायेगी
जब चौराहे पर आकर वो नई राह मुड़ जाएगी
जब अतीत की याद राह से बरवस ही जुड जाएगी
याद हमारी आएगी!!

56) प्रिय मुझे तुम पास में आने न देना!

प्रिय मुझे तुम पास में आने न देना

पास मैं आऊं अगर तुम दूर से ही रोक देना
रोक देना रोक देना रोक देना रोक देना
पास आने से बढ़ेगी प्रीत की पीड़ा घनेरी
पीर तुम जगने न देना दर्द तुम बढ़ने न देना
मैं तुम्हें मांगूँगा तुमसे और कहूंगा तू है मेरी
तू मुझे सद्राह पर लाकर नया एक मोड़ देना
प्रिय मुझे तुम पास में आने न देना!

मोड़ से मुड़कर अगर मैं फिर पुरानी रह देखूं
राह तेरे घेर जो जाये उस तरफ निगाह फेंकूं
या कोई सौगंध देकर मैं तुम्हें फिर मांग बैठूं
राह तुम वो छोड़ देना हर कसम तुम तोड़ देना
प्रिय मुझे तुम पास में आने न देना!

स्वप्न में भी मैं कहीं भूले से तुमको दूँ दिखाई
या किसी ने छेड़कर के याद फिर मेरी दिलाई
या हमारी प्रीत ने ही फिर खलिश दिल में मचायी
स्वप्न को तुम तोड़ देना बात का रुख मोड़ देना हर खलिश तुम छोड़ देना
प्रिय मुझे तुम पास में आने न देना!!!

57) मूरत को मूरत रहने दो।

हमने अपनी तरुणाई में एक प्यारी सूरत देखी
उस सूरत में मन मन्दिर की अनुरागी मूरत देखी,
उस मूरत को हृदय बसाकर फिर पूजन श्रंगार किया,
एक नहीं दो नहीं सैकड़ों और हजारों बार किया,
एक दिवस फिर यों ही हमने
अनायास ये पूछ लिया,
हे देवी मैं भक्त तुम्हारा
क्या तुमने अहसास किया,
मूरत बोली मैं मूरत हूं
तुम इतना ना समझ सके,
ना समझे, नासमझ कहीं के
तुम कुछ भी ना समझ सके
देवलोक की मैं देवी हूं
मुझे देव घर जाना है
मेरे पागल भक्त तुझे एक
राह नई दिखलाना है
मूरत की सूरत देखी है
मूरत मूरत होती है
जिसको जैसी श्रद्धा उसको वैसी सूरत होती है
मानव तुम तव तक मानव हो
जब तक मन के अनुगामी

मन को किया अधीन
हुए तुम तीनो लोकों के स्वामी,
मैने कहा देवि मुझको है
किसी लोक की चाह नहीं
एक झलक मिल जाय तुम्हारी,
और कोई परवाह नहीं,
मूरत बोली मूढ मनुज
तू हठ कितनी दिखलाता है
तेरे जैसा हठी भगीरथ
गंगा घर ले आता है
जा तथास्तु कह दिया
किन्तु अब और कोई हठ
मत करना,
मूरत को मूरत रहने दे
इसमे मत जीवन भरना।।

58) मेरे जज्वात दिल में मचलते रहे।

रात भर सौ सवालों मे उलझा रहा,
मेरे जज्वात दिल में मचलते रहे।

प्रीत के बोल मुख से न निकले कभी,
हम कदम बन के वस रोज चलते रहे,
रुख तुम्हारा कभी भी समझ ना सका,
मौसमों की तरह तुम बदलते रहे,

रात भर सौ सवालों मे उलझा रहा,
मेरे जज्वात दिल मे मचलते रहे,

शाम आई गई दिन ढला गुल खिला,
तुम सितारों से छुपते निकलते रहे,
हमको मालूम है सब समझते थे तुम
सब समझ के भी नादान बनते रहे,

रात भर सौ सवालों मे उलझा रहा,
मेरे जज्वात दिल में मचलते रहे।

59) ज़िंदगी ये हसीन हो जाती

१-ज़िंदगी ये हसीन हो जाती,
प्यार मिलता जो तेरी बाँहों में
हम तो बदनसीब हैं यारो
अपनी गुज़रेगी सिर्फ आहों में!!!

२-मैं तुम्हें हूँ चाहता पर कह नहीं सकता,
बिन कहे भी और दिन मैं रह नहीं सकता
ज़िंदगी मेरी हुई इक कशमकश सी है
इस कशमकश के साथ अब मैं जी नहीं सकता!!

60) फिर ख्याल आए तेरा तो मैं क्या करूँ!

हमने चाहा यही हम न चाहें तुम्हें,
फिर ख्याल आए तेरा तो मैं क्या करूँ!

दिल में एक आरज़ू की लहर सी उठे,
ये लहर थम न पाए तो मैं क्या करूँ,

दर्दे दिल का वयाँ हमसे मुमकिन नहीं,
और छुपा भी न पाऊँ तो मैं क्या करूँ,

तुम को खत प्रेम के मैं लिखूं रात-दिन,
और लिखे भी न जाएँ तो मैं क्या करूँ,

तुम को देखूं न गर तो सुकूँ न मिले,
और मिला भी न जाये तो मैं क्या करूँ,

हर घडी हमने चाहा भुला दूँ तुम्हें,
पर भुलाया न जाये तो मैं क्या करूँ,

मैंने चाहा मैं खुद को बना लूँ खुदा,
पर खुदाई न जाये तो मैं क्या करूँ,

हमने चाहा यही हम न चाहें तुम्हें,
फिर ख्याल आए तेरा तो मैं क्या करूँ!

61) दिल कहे चलो चलें उस ओर!

जहाँ प्रीत का न हो कोई छोर
बरसे प्रेम घटा घनघोर,
पपीहा टेर करे जिस ठौर,
दिल कहे चलो चलें उस ओर!

मन मेरा जाना चाहे उधर,
सपनों का हो जहाँ नगर,
खीचें कोई सुहानी डोर,
दिल कहे चलो चलें उस ओर!

जहाँ प्रीत का न हो कोई छोर,
रात हो नशीली जहाँ चांदनी भी छाई हो,
मन के झरोखे में कोई परछाईं हो,
मेघों को देख जैसे नाचता हो झूम मोर
दिल कहे चलो चलें उस ओर!

जीवन हो खुश हाल जिधर,
गम का न हो संसार उधर
बेचैनी का न हो कोई शोर,
दिल कहे चलो चलें उस ओर!

62) कभी न हारी मैं हूँ नारी।

जिसमें विपुल रहे फुलवारी
मैं हूं ऐसी सुन्दर क्यारी
बाबुल की मैं राजदुलारी
पिय की मैं प्राणों की प्यारी
कभी न हारी मैं हूँ नारी।

बन सैनिक रक्षा करती हूं
उड़ा रही जेट युद्ध सवारी
दुश्मन के सीने को बींधे
मैं हूं ऐसी गरल कटारी
कभी न हारी मैं हूँ नारी।

आज शान से निभा रही हूं
सकल जगत में जिम्मेदारी
स्वयं बनीं हूं सम्बल अपना
पीछे छोड़ शब्द लाचारी
कभी न हारी मैं हूं नारी।

विश्व विजयनी संस्कृति मेरी
भारत भू की हूँ आभारी
कौन सकेगा रोक विश्व में
आज पड़ी मैं सब पर भारी
कभी न हारी मैं हूँ नारी।

63) अब हो वीरो ऐसा बसंत!

माता करती आर्तव पुकार
अरि शांति भंग करता अपार
सीमा उल्लंघन बार बार
अब शीश काटने हैं अनंत
अब हो वीरो ऐसा बसंत!

है महाशक्ति का अरुण रंग
फड़के सैनिक का अंग अंग
रिपु का करने को अंग भंग
फिर रोक सकेगा कौन कंत
अब हो वीरो ऐसा बसंत!

दुंदभी बजे फिर इधर तान
डमरू शिव तांडव का विधान
रणभेरी का हो अखिल गान
सीमा भारत की हो अनंत
अब हो वीरो ऐसा बसंत!

हो वायु शक्ति या जल कमान
सब मिलकर रक्खें देश मान
गौरव का अपने रहे भान
हल सभी प्रश्न होवें ज्वलंत
अब हो वीरो ऐसा बसंत!

अरि का मस्तक फिर डोल उठे
हल्दी घाटी फिर बोल उठे
रिपु का फिर शोणित पीने को,
पाताल भैरवी डोल उठे
एक बार दिखा दो दुनिया को,
भारत की ताकत दिग-दिगंत
अब हो वीरो ऐसा बसंत!

रणभेरी से ही हल होंगे
इतिहास पूछता मूक प्रश्न
सिर हेमराज का बोल उठे
क़तरा क़तरा फिर खौल उठे
करना ही होगा आज तुम्हें,
इस छद्म युद्ध का सकल अंत
अब हो वीरो ऐसा बसंत!

64) पद्मिनी मातृ शक्ति सम्मान, अप्रतिम जौहर की प्रतिमान!

पा सका जिन्हें कभी न म्लेच्छ
वीरता का वो गौरव गान,
बिगाड़ोगे गर उनका रूप
तुम्हारी माँ का भी अपमान,
पद्मिनी मातृ शक्ति सम्मान,
अप्रतिम जौहर की प्रतिमान!

दिखाओगे तुम क्या चलचित्र
देख लो अपना स्वयं चरित्र,
अरे ये रजपूती की शान
आन पे करे निछावर प्रान,
पद्मिनी मातृ शक्ति सम्मान,
अप्रतिम जौहर की प्रतिमान!

न मांगो रंगमंच से भीख
कि लो चित्तौड़ दुर्ग से सीख़
वीरगाथा के सुन लो गान
है माटी चन्दन जहाँ समान,
पद्मिनी मातृ शक्ति सम्मान,
अप्रतिम जौहर की प्रतिमान!

अरे है कौन तुम्हारा वंश
नहीं क्या भारत माँ के अंश
संस्कृति का भीषण अपमान
सहन कर सके न हिंदुस्तान
पद्मिनी मातृ शक्ति सम्मान,
अप्रतिम जौहर की प्रतिमान!

65) प्राण देकर शहीदों ने सजाया देश को अपने।

जुबां पर गान भारत का नयन में देश के सपने,
प्राण देकर शहीदों ने सजाया देश को अपने!

न ख्वाहिश की इतर कुछ भी,
न सुख की कामना कोई
जगाया मुल्क में जज्बा,
फसल विश्वास की बोई

चले बन नींव के पत्थर इमारत को खड़ी करने।
प्राण देकर शहीदों ने सजाया देश को अपने।

रखें हम ध्यान भारत का,
नज़र हर ओर हो गहरी
रखें हम मान भारत का,
कि बन कर हिन्द के प्रहरी,
दिया सौभाग्य से हमको जनम इस भूमि पर रब ने।

जुबां पर गान भारत का नयन में देश के सपने,
प्राण देकर शहीदों ने सजाया देश को अपने।

66) व्यर्थ नहीं होगा बलिदान।

व्यर्थ न जायेगी कुर्बानी,
व्यर्थ नहीं होगा बलिदान।

धोखा देकर जैश ले आया
मौत बाँटने का सामान
कायरता ही मजहब तेरा
कायरता तेरा ईमान।

व्यर्थ न जायेगी कुर्बानी,
व्यर्थ नहीं होगा बलिदान।

ये जैश तुम्हारा छद्म युद्ध
कायरता का काला निशान
अब लाख छिपे जा भाग कहीं
मिट जाएगा नामो निशान

व्यर्थ न जायेगी कुर्बानी
व्यर्थ नहीं होगा बलिदान।

बच्चा बच्चा भारत माँ का,
कसम उठाता सीना तान
अमिट धरा ये वीर प्रसविनी
अमर हमारे वीर जवान।

व्यर्थ न जायेगी कुर्बानी,
व्यर्थ नहीं होगा बलिदान।

वन्दनीय वो अमर जवानी
शत-शत वन्दन अमर जवान
अभिनन्दन उस हर जीवन का
मातृभूमि पर जो कुर्बान।

व्यर्थ न जायेगी कुर्बानी
व्यर्थ नहीं होगा बलिदान।

67) तुम वीर पुरूष की वीर नार

रखना साहस संयम अपार।
फिर भेज उन्हें देना रण में,
दे तिलक भाल पगड़ी संवार
क्षत्राणी धर्म निभाना है,
बन कर भारत की कर्णधार।

तुम वीर पुरूष की वीर नार
रखना साहस संयम अपार।

कोई तुम बात बताना मत,
जिससे मन का फिर बढ़े भार
कह देना देख रहीं हूं सब
तुम रखो देख सीमा निहार।

तुम वीर पुरूष की वीर नार
रखना साहस संयम अपार।

तुम पुनर्मिलन में मुस्काना
फिर उनका सम्बल बन जाना
जीवन तो है आना जाना,
वीरों की होती नहीं हार।

तुम वीर पुरूष की वीर नार
रखना साहस संयम अपार।

जीजाबाई सी त्याग मूर्ति बन
वीर शिवाजी कर तैयार,
तेरे आगे नतमस्तक हों
हिमगिरि विशाल गिरिवर हजार।

तुम वीर पुरूष की वीर नार
रखना साहस संयम अपार।

68) तिरंगा बना जब कफ़न देश हित ....

ये तिरंगा बना जब कफ़न देश हित,
तन ये राहे वतन में हवन हो गया।

राह आबाद कुर्बानियों की सतत,
अपनी मेहनत से पुष्पित चमन हो गया,
वीरगति मोक्ष से श्रेष्ठतम राह है,
वीरगति देशगति को गमन हो गया

ये तिरंगा बना जब कफ़न देश हित
तन ये राहे वतन में हवन हो गया।

पुत्र मेरे लजाए न तुम नाम को,
अब लहू से सही आचमन हो गया
मीत मनमीत साहस हृदय में रखो
अब तिरंगा वसन पैरहन हो गया।

ये तिरंगा बना जब कफ़न देश हित,
तन ये राहे वतन में हवन हो गया।

69) सौहार्द प्रेम की बहे बयार।

करें ऐसा भारत तैयार,
सौहार्द प्रेम की बहे बयार
व्यर्थ के झगड़े जाऐं भूल
खिलायें मानवता के फूल
भूलकर धर्म जाति की बात
चलो हम आज मिला लें हाथ
कड़ी मजबूत बने हथियार

करें ऐसा भारत तैयार
सौहार्द प्रेम की बहे बयार।

सभी के पूरे हों अरमान
सभी के सुख-दुःख एक समान
सभी का हो पूरा सम्मान
बनाएं सब फूलों के हार
रहे हम सब के दिल में प्यार

करें ऐसा भारत तैयार
सौहार्द प्रेम की बहे बयार।

एक धरती एक अम्बर
एक हो राष्ट्र भक्ति का स्वर
पीढियाँ सुखमय हों आबाद

चलो ऐसी रख दें बुनियाद
आओ हम सब मिल करें विचार

करें ऐसा भारत तैयार
सौहार्द प्रेम की बहे बयार।

70) जय जय जय आजाद अमर, जय वीर प्रसूता मातु महान।

नाम काम और धाम सभी कुछ
कह आजादी दिया बखान
आजादी के अमर सिपाही
बन बैठे लेकर के आन
पण्डित जी की शान निराली
ऋणी रहेगा हिन्दुस्तान
काकोरी से डरी हुकूमत
शासन नहीं रहा आसान

जय जय जय आजाद अमर
जय वीर प्रसूता मातु महान।

लाज लाजपत की राखी,
साण्डर्स उड़ाया धूरि समान
फोड़ा बम जब असेम्बली में,
गोरे भागे जान बचान
धन्य वीर माता जगरानी,
पिता हों सीताराम समान
साथ जो देते राजपुरूष
आजादी मिलती सीना तान

जय जय जय आजाद अमर
जय वीर प्रसूता मातु महान।

बिस्मिल भगत राजगुरु संगी
गाते भारत माँ के गान
भारत माँ रोई जब देखा
वीरों का महान वलिदान
कैसे भूल सकेगा कोई
नई उमर का नया जवान

जय जय जय आजाद अमर
जय वीर प्रसूता मातु महान।

71) अब कितनी होंगी कुरबानी!

ये कौन खता करवाता है,कैसे होती है मनमानी,
अब कितनी होंगी कुरबानी!
कितनी माँओं की गोद शून्य,
कितने श्रृंगार हैं बेमानी
है बिलख रहा माँ का आँचल,
जो वीर प्रसूता बलिदानी

ये कौन खता करवाता है,कैसे होती है मनमानी,
अब कितनी होंगी कुरबानी!

लेने होंगे कुछ कटु निर्णय,
गर होना है सबको निर्भय
अब नहीं चलेगी शैतानी,
है याद हमें अपना अतीत
आखिर हम हैं हिंदुस्तानी

ये कौन खता करवाता है,कैसे होती है मनमानी,
अब कितनी होंगी कुरबानी!

हम हार नहीं मानें रण में,
रिपु दल का दमन करें क्षण में
पर समझौतों की खता रही,

बाकी बस अपनी व्यथा रही

है एक पहेली अनजानी

ये कौन खता करवाता है,कैसे होती है मनमानी,

अब कितनी होंगी क़ुरबानी!

72) मेरे प्यारे भारत देश जो पूछे कोई तेरा वेश!

मेरे प्यारे भारत देश,
जो पूछे कोई तेरा वेश

कहीं विस्तृत -विस्तृत हैं खेत,
कहीं है फैली बालू रेत,
छटा नहरों की कहीं विशेष,
जो पूछे कोई तेरा वेश!

कहीं पर अनुपम बने मकान,
कहीं पर हल जोतता किसान
कहीं पर ताजमहल है भव्य,
कहीं खंडहरों के अवशेष,
मेरे प्यारे भारत देश,
जो पूछे कोई तेरा वेश!

कहीं मंदिर है कहीं मस्जिद है,
कहीं पर चर्च, कहीं ऋषिकेश,
जो देता एकता का सन्देश,
जो पूछे कोई तेरा वेश!

73) भारत के जन गण मन का अभिमान तिरंगा हो।

भारत की हर एक माँ का अरमान तिरंगा हो
मातृभूमि इस वीरभूमि की सेवा में दिन रात लगे,

भारत माँ के हर प्रहरी की आन तिरंगा हो,
भारत के जन गण मन का अभिमान तिरंगा हो।

एक तिरंगा यात्रा में जो आगे बढ़ गोली खाए,
वो सपूत भारत माता का मस्तक चन्दन कहलाए
चन्दन तरु को कोई विषधर फिर से निगल नहीं जाए
आस्तीन के सांपों को अब गिन गिन कर नापा जाए

राष्ट्रध्वजा भारत माँ का जयगान तिरंगा हो,
भारत के जन गण मन का अभिमान तिरंगा हो।

जिसने अपना लाल दिया अनुभव पूछो उस माता का,
सकल भुवन विपरीत हुए रूठे से भाग्य विधाता का,
अब भी रोटी राजनीति की टेढ़ी-मेढ़ी सिकती है,
देख लाल की छलनी छाती माता सतत् सिसकती है

वीर प्रसूता हर माँ का सम्मान तिरंगा हो,
भारत के जन गण मन का अभिमान तिरंगा हो।

राष्ट्र धर्म से बढ़ कर मजहब कोई और नहीं होता,
वन्दे मातरम कहने से कोई बेधर्म नहीं होता,

अब भी जिन की रग रग में मक्कारी औ गद्दारी है
जहाँ तिरंगा नहीं दिखे अब उसी जगह की बारी है,

भारत माँ की आन वान और शान तिरंगा हो,
भारत के जन गण मन का अभिमान तिरंगा हो।

जिनके नायक दाउद, लखवी अफजल से हत्यारे हैं,
हमने एयसों की खातिर ही अपने चन्दन वारे हैं
अब हम माफ नहीं कर सकते कायरता के पापों को,
खींच खींच के फिर मारेंगे आस्तीन के सांपों को,

भारत का फिर नव गौरव अभियान तिरंगा हो
भारत के जन गण मन का अभिमान तिरंगा हो!

74) शब्द नाद हैं शब्द ब्रह्म हैं, शब्द गीत स्वर धारा हैं!

शब्द आदि हैं, शब्द अंत हैं,
शब्द कथा महिमा अनंत है
विनय प्रीत का गीत अनोखा,
निर्बल का ये सहारा हैं,

शब्द नाद है शब्द ब्रह्म हैं,
शब्द गीत स्वर धारा हैं!

शब्द जीत में शब्द हार में,
शब्द सृजन में या संहार में
शब्द गर्जना शब्द घोष हैं,
शब्द रचित जग सारा है

शब्द नाद है शब्द ब्रह्म है,
शब्द गीत स्वर धारा है!

शब्द ग़ज़ल हैं,शब्द पहल हैं
शब्द गरल हैं शब्द सरल हैं
शब्द सदा नवशील अनोखा
शब्द मधुरतम प्यारा है

शब्द नाद है शब्द ब्रह्म है,
शब्द गीत स्वर धारा है!

75) हिंदी पूरे हिन्द की आवाज बने!

हर ले जन जन की पीर,कोई न रहे अधीर,

खुला आसमान हो हर किसी का मान हो,

पंत सूर जायसी, कबीरा रसखान हों

गुनगुनाती मुस्कुराती प्रेम राग छेड़ती ये साज़ बने

हिंदी पूरे हिन्द की आवाज बने!

भाषा भेद भाव भूल दिल से करें कबूल

एकता का भाव हो राष्ट्रवाद रहे मूल,

हिन्द में न कोई दीन हिंदी एकता की बीन

राष्ट्र उन्नति के हेतु गाएँ हम समवेत

गान ऐसा जो दिलों का ताज बने

हिंदी पूरे हिन्द की आवाज बने!

76) कितनी प्यारी आयी होली!

नभ में सुंदर प्यारी प्यारी,
चिड़ियों की निकल पड़ी टोली
चिड़ियों ने इधर उधर देखा
फिर चिड़ियाँ आपस में बोलीं
कितनी प्यारी आयी होली!

बच्चे गांव में दौड़ पड़े,
आओ बढ़ाएंगे हम होली
कुछ कलियों ने ऑखें खोलीं
कुछ कलियाँ कलियों से बोलीं
आओ हम भी खेलें होली
कितनी प्यारी आयी होली!

रंगों की भर भर के झोली,
बच्चों ने भी खेली होली
हम भी दादी माँ से बोले,
दादी हम भी खेलें होली
दादी माँ हँसकर के बोलीं
बेटा तुम भी खेलो होली
कितनी प्यारी आयी होली!

घर घर बनते पकवान मधुर,
मीठी बोली,भंगिया घोली,

है प्यार बरसता फागुन में
बस हंसी ख़ुशी मृदु ठिठोली
स्वागत में बिखरा है बसंत
द्वारो पर सुंदर रंगोली
कितनी प्यारी आयी होली!

77) बेवफाई के किस्से सुने हैं बहुत .....

बेवफाई के किस्से सुने हैं बहुत,
सुनते जाओ बफाओं की बाते भी दो!

तुमने महफ़िल में देखे नज़ारे बहुत,
आज वीराँ में देखो बहारें भी दो,
तुमने दरिया में देखीं है लहरें बहुत,
आज गंगा के देखो किनारे भी दो
बेवफाई के किस्से सुने हैं बहुत,
सुनते जाओ बफाओं की बाते भी दो!

चाँद सूरज को तुमने है देखा बहुत,
देख लो आज नभ के सितारे भी दो,
तुमने देखे चमन में है गुल तो बहुत,
देख लो राह के बिखरे कांटे भी दो
बेवफाई के किस्से सुने हैं बहुत,
सुनते जाओ बफाओं की बाते भी दो!

वक़्त औरों को तुमने दिया है बहुत
आज अपनों को दो पल सुहाने भी दो,
शेर तुमने सुने शायरों के बहुत
सुन लो "अनुराग" के अब तराने भी दो
बेवफाई के किस्से सुने हैं बहुत,
सुनते जाओ बफाओं की बाते भी दो!

78) दामन में लेकर के खुशियां दौड़ा दौड़ा आया बसंत!

जाड़े ने शीतलता त्यागी गर्मी ने पांव पसार दिया
दोनों ही आकर गले मिले दोनों ने प्रेम प्रसार किया
इन दोनों का व्यव्हार देख मानव ने यही विचार किया
इनके प्रेम का इस जग में क्या सुंदर उदाहरण ज्वलंत
दामन में लेकर के खुशियां दौड़ा दौड़ा आया बसंत!

मानव को प्रेम सिखाने को दौड़ा दौड़ा आया बसंत
बच्चों को रंग खिलाने को होली लेकर आया बसंत
गली गली में खेतों में बिखरा मालूम होता बसंत
होली के सुंदर रंगों में कितना प्यारा लगता बसंत
दामन में लेकर के खुशियां दौड़ा दौड़ा आया बसंत!

79) एक दिल मिला जागा सा एक जुवां मिली सोई सी

मुझे जिंदगी मिली खोई सी,क्यों ज़िंदगी मिली खोई सी,
बस चार दिन को ही सही पर हमसफ़र हैं वो,
चार दिन के नाम पर क्यों आँख रोई सी,
मुझे जिंदगी मिली खोई सी,क्यों ज़िंदगी मिली खोई सी,

प्रेम का वो है पुजारी बात है पुख्ता,
फिर प्रेम मूरत क्यों नहीं दिल में संजोई सी
मुझे जिंदगी मिली खोई सी,क्यों ज़िंदगी मिली खोई सी,

साजे दिल पे बज रहे हैं सैकड़ो नगमे,
फिर क्यों जुवां पे सुर नहीं और ताल कोई सी
मुझे जिंदगी मिली खोई सी,क्यों ज़िंदगी मिली खोई सी,

ठीक है तुमको नहीं है प्रीत की पीड़ा,
फिर अश्रुओं से ओढ़नी क्यों है भिगोई सी
मुझे जिंदगी मिली खोई सी,क्यों ज़िंदगी मिली खोई सी

80) ओ मीत मेरे प्यारे ओ मीत पुराने, सुन सुन रे मेरे गीत सुन मेरे तराने!

तुझसे मेरा रिश्ता ए प्रेम टूट गया है,
बचपन का अपना साथ था वो छूट गया है,
अब तो मुझे लगता है के रव रूठ गया है
आकर कोई रकीव हमें लूट गया है,
तुझको भी आए याद मेरी कौन ये जाने,

सुन सुन रे मेरे गीत सुन मेरे तराने!
तेरा मेरा दुनियां से वो नज़रो का चुराना,
करता था अपने प्यार पे तो नाज़ ज़माना
लेकिन तुम्हें तो याद रहा मुझको भूलना
आएगा कौन ख्वाब में अब तुमको सताने
आने को तो आएंगे समां और सुहाने
सुन सुन रे मेरे गीत सुन मेरे तराने!

छुटपन में तेरे साथ वो झुरमुट में टहलना
पल पल पे तेरा हसना और हंस हंस के मचलना,
तुमको जहाँ में होंगे बहुत मीत बनाने,
मेरे जिगर के दर्द को तुम तो नहीं जाने
होंगे तेरे जीवन में नए रोज़ फ़साने,
बस एक हम न होंगे तेरे अपने बेगाने,
सुन सुन रे मेरे गीत सुन मेरे तराने!

81) आया रे नव वर्ष लिए नव हर्ष और उल्लास!

करो जीवन में नव संघर्ष,

बने निज भाग्य तुम्हारा दास,

नया हो जीवन का उत्साह

नवल मन का हो हर विश्वास

बने सम्बल फिर बीता वक़्त,

रचो फिर तुम नवीन इतिहास

आया रे नव वर्ष लिए नव हर्ष और उल्लास!

रहे न किंचित भी संदेह,

पूर्ण प्रण से हो हर एक श्वास

सफल हो लेकर नव उत्कर्ष,

नए जीवन पथ औ नव आस

करें कामना यही अनुराग,

पूर्ण हर होता रहे प्रयास!

आया रे नव वर्ष लिए नव हर्ष और उल्लास!

82) नव वर्ष की आस

नए वर्ष में पुष्पित होवें,
आशाओं की नव कलियाँ,
नए वर्ष में याद रहें,
वो प्रियतम की प्यारी गलियां
नए वर्ष में साथ रहें सब,
विगत वर्ष की स्मृतियाँ
नए वर्ष में साथ रहें,
बीती मीठी मीठी बतियाँ
नए वर्ष में हमें नए कुछ
दीपक आलोकित करने
नए वर्ष में हमको शत-शत
प्रेम सुमन होंगे चुनने!

83) आ गया है नया वर्ष ओहो ओहो

आ गया है नया वर्ष ओहो ओहो
भेजूँ तोहफा क्या तुमको तुम्ही कुछ कहो,

कहीं सुखों का झंडा है फहरा रहा,
कहीं दुःखों का सागर है लहरा रहा
ऐसे अवसर पे दुःख और सुखों को सहो,
भेजूँ तोहफा क्या तुमको तुम्ही कुछ कहो,

इन सुख और दुःखों के इस संसार में,
मित्रता सार है प्रेम ही सार है
मित्रता प्रेम के इस संसार में
प्रेम सागर ही बन कर के अब तुम बहो
भेजूँ तोहफा क्या तुमको तुम्ही कुछ कहो,

ये नया वर्ष जो की है अब आ गया,,
इसकी कीमत कहीं यूँ ही जाया न हो,
हो ये कोशिश की ईश्वर की रहमत रहे,
कोई बेसबब बेसहारा न हो
भेजूँ तोहफा क्या तुमको तुम्ही कुछ कहो,

84) नव वर्ष

नव वर्ष तुम्हारा स्वागत है
खुशबू से चमन को महका दो,
दुःख राग द्वेष सब दूर रहें,
खुशियों से गुलिस्तां चहंका दो,
मम वाणी में दो घोल अमिय
पय धार सदृश ये हो जाये
गुरुजन के सम्मुख झुकूं सदा
मम हृदय क्षमागत हो जाये
तम के बादल छंट जाये सभी,
आलोकित हर पथ हो जाये
हो प्रेम वृष्टि चहुँ ओर सदा
वसुधा कुटुंब सम हो जाये

85) जय भारत जय भारती।

अमृत कलश घट पुष्प भर
मातृभाषा को समर्पित है पटल
निज सतत् शब्द समूह रच
नित भाव विरचित आरती।
जय भारत जय भारती।

साधना रत सकल संतति
गढ़ रही नव छंद की गति
मातु धर आशीष का कर
आतुर तुम्हें निहारती।
जय भारत जय भारती।

ज्ञान का दीपक बने
हो शब्द की बाती सहज
शुद्ध हो मानस हमारा
संस्कारित आरती।
जय भारत जय भारती।

86) राणा प्रतापजीके प्रति

मेवाड़ मुकुट क्षत्रिय गौरव,
हे वीर शिरोमणि कुलभूषण
साहस सम्बल प्रतिमूर्ति शिखर
जयवंत कंवर के स्वाभिमान।

तुम उदय सिंह के वीर पुत्र
हल्दी घाटी के विजय गान।
राना का वाना फौलादी
वच सके न अरि की कभी जान!

कूद पड़े थे लेके रण में भाला कवच ढाल तलवार,
अरि दल कट कट गिरे चहूँ दिश
सहे न पाय दुय कुन्तल भार,
एक लाख की सेना डर गई
डरे मान सिंह आसफ खान
सौ सिर काटहिं राणा क्षण मैं,
चेतक भरहि चौकडी तान
एकलिंग की शपथ धरी
आजादी पै सब कुरबान
बादशाह कबहुँ नहीं मानहु
तुरकहि भेजउ अब शमशान
डोले व्याल तुर्क छाती पै

राणा तौ है काल समान
आस छोड़ के फिर अकबर
लाहौर नगर कीन्हो प्रस्थान।

राणा चढ़ गए अरावली पै
नगर उदयपुर लिए बसाय
जंगल जंगल भटकहिं राणा
कंदमूल फल चखि चखि खांय
त्याग तपस्या लखि राणा की
भामा मन में रहे लजाय,
दानवीर वन करी प्रार्थना
हवन आहुति लेउ चढाय
सेना करी संगठित राणा
किला फ़तह कीन्हे प्रस्थान
सदियाँ याद रखें भारत की
हल्दी घाटी का जय गान।

87) मातु पिता जीवन निधि पावन

कोई कष्ट मिलै जबहीं जन कौ,
लगै मातु पिता बस टेर मचावन
नीको न लगै जग मैं कछु और
लगे पितु मात के अंक निहारन
मिलि पायो सदा सुख है मन मैं
सच सार जहै करि देखौ विचारन
अनुराग को राग है आज जहे
हैं मातु पिता जीवन निधि पावन।

मातु पिता सर्वोपरि राखि के
अग्रज देव कहाये गजानन
मर्याद रखी प्रभु राम जु ने
बनवास को धाये के मारे दशानन
सेवा जो करे नित मातु पिता की
सो नाम करै चहुँ ओर प्रसारन
बढि के न कछू पायो जग मैं,
भिरमे बहु देश विदेश मंझारन।

88) नेक जो राह दिखाये वो पिता होता है

नेक जो राह दिखाये वो पिता होता है
हमे मजबूत बनाने को तपाये वो पिता होता है।

उठा के गोद में दुलराये और प्यार करे,
हमें दुनियां जो दिखाये वो पिता होता है।

लाल के बाल-सुलभ प्रश्नों का बनता उत्तर,
कभी गुम सुम सा देख पूछता क्या है पुत्तर,

अपनी मेहनत के पसीने से जो सींचा करता,
घर के बाग का माली वो पिता होता है।

जिसके रहने से है घर की रौनक
हमारी आन वान शान औ पहिचान पिता होता है।

हर एक पल जो रखे फ़िकर उसकी,
वो बेटी का हर अरमान पिता होता है।

अनेकों पुण्य के प्रतिफल मिलें हमे जैसे,
महान ईश का वरदान पिता होता है।

89) सदा रोशन रहे वो घर जहां माँ मुस्कुराती है।

तृण तृण जोड़ कर वो नीड़ फौलादी बनाती है
खतरा भांप कर बच्चों को जां पर खेल जाती है
नहीं फिर हारती वो चोंच तलवारी चलाती है
नहीं चिड़िया वो होती सिर्फ वो भी माँ कहाती है
सदा रोशन रहे वो घर जहां माँ मुस्कुराती है।

स्वयं से कर उन्हें आकाश में उड़ना सिखाती है
परों से गर्म रख डैनो में अपने वो छुपाती है
भर के चोंच में चुग्गा वो चूज़ों को चुंगाती है
सभी गुणधर्म माँ के वो जमाने को बताती है।
सदा रोशन रहे वो घर जहां माँ मुस्कुराती है।

जन्म दे वेदना सहकर सतत वो मुस्कुराती है
शिशु की एक किलकारी पे वारी वारी जाती है
समेटे है सकल देवत्व वो छोटे से आंचल में,
उसके सामने सब सृष्टि छोटी पड़ती जाती है
सदा रोशन रहे वो घर जहां माँ मुस्कुराती है।

गुरु बन ज्ञान का अक्षर प्रथम माँ ही सिखाती है
देकर दण्ड माँ शिशु की सकल क्षमता बढाती है
कभी सोती नहीं खुद से वो बच्चों को सुलाती है
कभी कुछ गुनगुनाती है कभी लोरी सुनाती है।
सदा रोशन रहे वो घर जहां माँ मुस्कुराती है।

90) चिड़िया रानी आओ ना अपनी प्यास बुझाओ ना।

घूम-घूम कर दोपहरी में
झुलस रहे हैं पंख तुम्हारे
छत पर बैठ झरोखे में तुम
थोड़ा तो सुस्ताओ ना

चिड़िया रानी आओ ना
अपनी प्यास बुझाओ ना।

दादी नानी खूब सुनातीं
थीं किस्से गौरइया के
किस्सों की दुनिया की रानी
चीं चीं गीत सुनाओ ना

चिड़िया रानी आओ ना
अपनी प्यास बुझाओ ना।

भर कर रखा तुम्हारी खातिर
छत पर पानी का बरतन
खूब नहाओ धूम मचाओ
और करो सुन्दर नर्तन
चुन्नू मुन्नू के मन को भी
आकर खूब लुभाओ ना

चिड़िया रानी आओ ना
अपनी प्यास बुझाओ ना।

सखी सहेली के संग मिलकर
दावत रोज उड़ाओ ना
आग उगलती इस गरमी में
दाना पानी पाओ ना

चिड़िया रानी आओ ना
अपनी प्यास बुझाओ ना।

91) खुशी से मस्त समीरन गाए..

खुशी से मस्त समीरन गाए
गाए के लोरी तुझे सुनाए ****

मेरी प्यारी मुन्नी सो जाये
पापा गुड्डा लेकर आये,
साथ में खूब खिलौने लाए
एक चिड़िया चीं चीं चिचिआए
खुशी से मस्त समीरन गाए
गाए के लोरी तुझे सुनाए ****

कि चन्दामामा दौड़े आये
साथ में श्वेत चाँदनी लाए,
चाँदनी तुझे देख मुस्काये
कि तितली रानी भी इठलाये
खुशी से मस्त समीरन गाए
गाए के लोरी तुझे सुनाए ****

92) कंडेक्टर बाबू टिकसै बनावत नाहीं! **

इयें-उएँ तुम ताकौ- झांकौ,
नीकी सवारी पास मैं टांकौ
नेकौ मन सकुचावत नाहीं
कंडेक्टर बाबू टिकसै बनावत नाहीं! ************

देखौ नेक दूर को रस्तो,
हमने पैसा दै दौ खस्तों
का जौ तुमहिं दिखावत नाहीं
कंडेक्टर बाबू टिकसै बनावत नाहीं! ************

घूरि- घूरि के देखत हउ का,
अँखियन सै तुम लूटत हउ का
कि तुम्हरी नियत ठिकाने नाहीं
कंडेक्टर बाबू टिकसै बनावत नाहीं! ************

मतलब के तुम तौ हउ पूरे,
चाल मैं डगमग लगौ अधूरे
कि काये रस्ते पै आवत नाहीं
कंडेक्टर बाबू टिकसै बनावत नाहीं! *********

93) गम के दरिया में न कूदो दोस्तो

गम के दरिया में न कूदो दोस्तो
ये वो दरिया है जहाँ तेजाब बहता है!

ये भी माना है तुझे कुछ शौक मुश्किल झेलने का,
और ये मुश्किल भी तेरे झेलने को ही बनी है
किन्तु यह तो सोच इस गम से तुझे हासिल नहीं कुछ
इसलिए तज कर इसे नजरें झुकाकर देख तू अन्तः करण में,
शायद इसी दर में तेरा भगवान रहता है,

गम के दरिया में न कूदो दोस्तो,
ये वो दरिया है जहाँ तेजाब बहता है!

ये भी माना है तुझे हासिल महारथ तैरने में
और तूने तैरने के हेतु वहु साधन जुटाए
किन्तु क्या इन साधनो में है कहीं स्थाईत्व संभव,
और फिर तेरे लिए ये जग प्रभु ने है बनाया
छोड़ दे नश्वर सभी इन साधनो को आज से तू
और प्रभु का भजन कर दे मेट भावी सब ग़मों को
क्यों व्यर्थ ये सब गम सुबह और शाम सहता है

गम के दरिया में न कूदो दोस्तों,
ये वो दरिया है जहाँ तेजाब बहता है!

ये भी माना तू नहीं गम को बुलाता है कभी
और प्रभु को भी नहीं तू भूलता शामो सहर है
किन्तु गम चलती हुई सी एक मारुती की लहर है
किन्तु तेरा द्वार मानस का खुला जब छूट जाता,
या कभी दुर्भाग्य से सौभाग्य तन्तुक टूट जाता
या कभी तेरे सितारे ग़र्दिशों में जा पहुंचते,
बस तभी तू जाग कर निशि और वासर
इन गमो को झेलता है

गम के दरिया में न कूदो दोस्तों,
ये वो दरिया है जहाँ तेजाब बहता है!

ये भी माना नींद देती ताजगी तुझको अनोखी
और हर पल जागना तेरे लिए संभव नहीं है
किन्तु यदि तू सीख लेता जागना सोना समय से
और अपने ज्ञान चक्षु को जरा कुछ खोल पाता
देखता तू काल के इस चक्र और आवागमन को
या कभी तू स्वप्न में ही देखता गीतोपदेशः
किन्तु अब मत खोलना निज द्वार गम के हेतु
तुझसे तेरा अनुराग कहता है

गम के दरिया में न कूदो दोस्तों,
ये वो दरिया है जहाँ तेजाब बहता है!

94) मुझे क्या हो जाता है!

हे भगवान, मेरे भगवान मुझे क्या हो जाता है,
कभी न चाहा मैंने ऐसा, खुद ही खुद को छलने जैसा,
कभी न चाहा मैंने ऐसा बन पतंग लौ जलने जैसा,
क्यों बना पतंगा जलवाता है खुद ही खुद को छलवाता है,
मुझे क्या हो जाता है!

कब चाहा था मैंने ऐसा, बनू नयन के मैं जल जैसा,
कब चाहा था मैंने ऐसा, साथी हो एक तेरे जैसा,
कब चाहा था मैंने ऐसा मन उपवन वृन्दावन जैसा,
साथी नयन नीर वन उपवन क्यों मुझको दिलवाता है,
मुझे क्या हो जाता है!

चाहा बनू सुःख दुखियों का, चाहा बनू अश्रु खुशियों का,
चाहा बनू श्वास जीवन की चाहा बनू, आस निज मन की,
चाहा माँ की ममता बनना, दुर्बल की एक क्षमता बनना
क्या से क्या मुझे बनाता है,
मुझे क्या हो जाता है!

कब था चाहा बनू प्रेम की कोई एक ग़ज़ल
निज पुष्पासन से टूटा कोई एक कमल
निज अतीत वैभव से पूरित वीरां एक महल
किन्तु लिखा तेरा जीवन से कब मिट पाता है
मुझे क्या हो जाता है!

95) पृष्ठ जीवन के पलटता जा रहा हूँ!

शैशवावस्था लिए माँ अंक में,

दुग्ध का कर पान रोता और न चुपता

दे रहा कोई खिलौने,

ताली बजा कोई मुझे बहला रहा है,

तंग सबको ही किये मैं जा रहा हूँ

पृष्ठ जीवन के पलटता जा रहा हूँ!****************

बालपन में चुलबुलापन,

खेलता हूँ मग्न तन मन

कभी तितली पकड़ता हूँ

कभी जुगनू पकड़ता हूँ

तो बन वात्सल्य का पूरक कभी मैं गा रहा हूँ,

पृष्ठ जीवन के पलटता जा रहा हूँ!****************

तरुणता ले के नयापन आ गयी

मैं नहीं समझा मेरे कब मूंछ मुख पर आ गयी,

आ गयी कब प्रीत की मृदु गंध उर में

फूटते से प्रेम के अंकुर ह्रदय में

सोचता ये ही स्वयं को पा रहा हूँ

पृष्ठ जीवन के पलटता जा रहा हूँ!****************

मैं अपने प्रेम से नज़रें चुराता ही रहा हूँ

मिल न जाये वो मुझे ही राह में

इसलिए मैं छोड़ करके राह को
क्यों पगडंडियों पर पग बढ़ाता जा रहा हूँ,
ये ही नहीं अब तक समझ मैं पा रहा हूँ
पृष्ठ जीवन के पलटता जा रहा हूँ!***************

96) आदमी खुद को ही छलने लगा है, हवाओं में ज़हर घुलने लगा है

पहुँचना चाँद तारों तक मुबारक बात है,
कलेजा भूमि का फटने लगा है
बाँधे नासिका देखो हमारी पीढियाँ घूमें,
यही सौग़ात है बाकी हमें दिखने लगा है
आदमी खुद को ही छलने लगा है,
हवाओं में ज़हर घुलने लगा है।***

बना डाले हैं हमने खूब से कंक्रीट के जंगल,
किया पर्यावरण का नाश दो-दो हाथ कर दंगल
जल दूषित, हवा दूषित ज़मीं औ आसमां दूषित
अब तो खुद ही अपना आशियां जलने लगा है,
आदमी खुद को ही छलने लगा है,
हवाओं में ज़हर घुलने लगा है।***

दिन में रात हो जैसे तिमिर का नाश हो कैसे,
हमारी राजधानी को मिले आकाश अब कैसे,
वैश्विक ऊष्मायन दिन व दिन बढने लगा है,
हिमालय आग से गलने लगा है
आदमी खुद को ही छलने लगा है,
हवाओं में ज़हर घुलने लगा है।***

97) तस्वीर तेरी नैनन में बसी

तस्वीर तेरी नैनन में बसी
वो श्यामल बदन वो मोहक हँसी।

जिन्दगी बिन तुम्हारे अधूरी लगे
आस हर पल मिलन की रही है लगी,
दिन कितने गये, पल कितने गये
इक तुम ना मिले बस यही बेबसी

तस्वीर तेरी नैनन में बसी,
वो श्यामल बदन वो मोहक हँसी।

प्रीत की राह आसान होती नहीं,
है विरह तो कभी है मिलन की खुशी
वक़्त काँटा सा चुभता रहा पाँव में,
फांस तन्हाईयों की रही है फंसी

तस्वीर तेरी नैनन में बसी,
वो श्यामल बदन वो मोहक हँसी।

98) साहित्य हित साधन बने

साहित्य हित साधन बने
हित साध्य हो सबको अहो!***

इतिहास का हो आइना,
सद्वृत्ति का सतपथ कहो!
जनगण को हो ये सीख,
नित शिक्षा तरंगों मे बहो
साहित्य हित साधन बने,
हित साध्य हो सबको अहो!***

सद्भाव भर दे हृदय में
सब लोग हिल मिल कर रहो
संवेदना की सीख हो,
जन पीर जन-जन की गहो
साहित्य हित साधन बने,
हित साध्य हो सबको अहो!***

नवजागरण वायस बने,
निज कर्मरत हर पल रहो
गुरुजनों के हित सिखाये
नम्र बन सब कुछ सहो
साहित्य हित साधन बने,
हित साध्य हो सबको अहो!***

99) ज़िंदगी चार पल को न ठहरी कभी

ज़िंदगी चार पल को न ठहरी कभी
रेत सी हर घड़ी ये फिसलती रही!********************************

जब अकेले में दो पल को बैठा कभी,
याद मांझी की बस हमको छलती रही
साल दर साल जब हमने देखा पलट,
तो ये नश्वर जगत,सैकड़ो से ये मिलती बिछुड़ती रही
ज़िंदगी चार पल को न ठहरी कभी,
रेत सी हर घड़ी ये फिसलती रही!******************************

नाम चलने का जीवन सभी ने कहा,
ठहरने की इजाजत किसी को नहीं
घाव गहरे सही, हम न ठहरे सही
हम भी चलते रहे ये भी चलती रही
ज़िंदगी चार पल को न ठहरी कभी,
रेत सी हर घड़ी ये फिसलती रही!*****************************

वक़्त रहजन है हमको कोई गम नहीं
कारवां रहवरों का सतत साथ है,
जब तलाक श्वास है, मन को विश्वास है
रेत की प्यास सी ये मचलती रही
ज़िंदगी चार पल को न ठहरी कभी,
रेत सी हर घड़ी ये फिसलती रही!************

100) उजाला गर नहीं होगा, अँधेरा कौन रोकेगा!

करें कोशिश सभी मिलकर की हर घर में दिवाली हो,
निबाला गर नहीं होगा तमाशा कौन देखेगा,
सभी को मिल सके खुशियों की दौलत ऐ मेरे या रव,
अगर कश्ती नहीं होगी किनारा कौन देखेगा
उजाला गर नहीं होगा, अँधेरा कौन रोकेगा! ******************

जीवन चार दिन का खेल है खुलकर यहाँ जी ले
जवानी गर नहीं होगी, बुढ़ापा कौन देखेगा
चमन के फूल खिलते हैं हमेशा ही हिफाजत से
अगर माली नहीं होगा बगीचा कौन सींचेगा
उजाला गर नहीं होगा, अँधेरा कौन रोकेगा!*******************

ज़माने भर की खुशियों को बहुत मेहनत जरूरी है
पसीना गर न निकलेगा सफलता कौन देखेगा
सियासत ने किया घायल मेरी साझा विरासत को
अगर हमदम नहीं होगा मोहब्बत कौन देखेगा,
उजाला गर नहीं होगा, अँधेरा कौन रोकेगा! ****************

101) जो सच पूछो तो जीने को फ़क़त इतनी जरुरत है!

रहने को छत, दो जून की रोटी, तो तन ढकने को हो कपड़ा
हर इंसां को हो कुछ काम निठल्ले पन का ना लफड़ा
सुकूँ के चार पल ही आज की पहली जरुरत हैं
यूँ तो लाख ख्वाहिश हैं जो सब ही खूबसूरत हैं
जो सच पूछो तो जीने को फ़क़त इतनी जरुरत है! ****************

बचपन में मिले निज गेह माँ का नेह पितु आशीष,
संस्कारों से सुवासित गुरुजनो की प्रीत पावन हो,
सहोदर हो सुखी पुष्पित पल्ल्वित गृह का प्रांगण हो
दादा और दादी हों सुख से सब ही परिजन हों
सभी मिल के रहें घर में लगें खुशियों की मूरत हैं
जो सच पूछो तो जीने को फ़क़त इतनी जरुरत **************

कि है ये चार दिन की ज़िंदगी सौ वर्ष का सामां
मिले दो जून कि रोटी न डिगने पाए ये ईमां
कि बस सम्मान कि रोटी हमें सबसे ही प्यारी है
हकीकत ज़िंदगी कि ये अलग सबसे ही न्यारी है
सरल सबसे सहज दिखती यही ईमां कि सूरत है
जो सच पूछो तो जीने को फ़क़त इतनी जरुरत है!!!*************

102) वो रात सुहानी आती है!

एक प्रसूता माँ पीड़ा से,
विह्वल हो अकुलाती है
जब शिशु को दे जन्म सफल,
वो वापस घर को आती है,
खुद भी नवजीवन पाती है
वो रात सुहानी आती है! ***********************

निज कन्या के परिणय हित,
चिंतित रहते निशि-दिन दम्पति
कन्या हित सुंदर वर चुन कर,
जब बेटी ब्याही जाती है
उर अंश भिन्न होकर के वो
नित नयन सजल कर जाती है
वो रात सुहानी आती है!*******************

अच्छा वर कन्या का पाना
सुख से ही फिर बापस आना
जब कन्या घर गुन गाती है
शर्माकर भेद बताती है
वो रात सुहानी आती है!************************

जब नव प्रीत लिए उर में,
गोरी साजन घर जाती है

मिश्री के मीठे बोलों में,
घुल वो जीवन रस पाती है
सकुचाती है शर्माती है
वो रात सुहानी आती है! *****************************

जीवन चलने का नाम सतत,
रुकने थमने का नाम नहीं
जब संतति शिक्षा पूरी कर
नव कार्य क्षेत्र को पाती है
सुंदर सन्देश सुनाती है
वो रात सुहानी आती है! **************************

103) तुमको ढूँढूं मैं कहाँ अरे

तुमको ढूँढूं मैं कहाँ अरे,
तुम सारी दुनिया से हो परे!

फूलों फलियों और कलियों में,
सब सब में हैं तुम्हारे रंग भरे,
तुमको ढूँढूं मैं कहाँ अरे,
हर नर के और हर नारी के,
सज्जन के या व्यभिचारी के,
सब के ही तुमने कष्ट हरे,

तुमको ढूँढू मैं कहाँ अरे,
तुम सारी दुनिया से हो परे!

पवन में और अपावन में,
नूतन में और पुरातन में,
सब में तुमने निज अंश भरे

तुमको ढूंढू मैं कहाँ अरे,
तुम सारी दुनिया से हो परे!

निज स्वर्ग और निज वसुधा में,
गोकुल में बृज में मथुरा में
संपूर्ण विश्व में पग हैं धरे

तुमको ढूँढू मैं कहाँ अरे,
तुम सारी दुनिया से हो परे!

निज गृह में बन में जीवन में,
कोमल और शान्तिशील मन में
सब में हो रमे और बिखरे

तुमको ढूँढू मैं कहाँ अरे,
तुम सारी दुनिया से हो परे!

कोलाहल में नीरवता में
क्रोधानल या धीरजता में
सब में हैं तुम्हारे भाव भरे

तुमको ढूँढू मैं कहाँ अरे,
तुम सारी दुनिया से हो परे!

104) नारी अबला नहीं अपितु वह ही तो है बल दाता!

नारी अबला नहीं अपितु वह ही तो है बल दाता,

वह ही माता वही विधाता वो ही तो सुख दाता,

उस से ही यह सृष्टि बनी है, उसकी सब कृति हैं,

तो फिर तुम्ही बताओ इस नारी में क्या बिकृति है,

महाशक्ति का रक्त सदा जो हम सब में बहता है,

वही रक्त तो भाई इस नारी में भी रहता है,

फिर क्यों भाई वह सदैव है यों उदास सी रहती,

और कहीं न कहीं सदा है यों प्रताड़ना सहती,

नारी नर की है सदैव ही अर्धांगनी कहाती,

फिर क्यों उसके जीवन में यों दुःख की सेज समाती!!

105) मृत्यु शाश्वत सत्य!

माया भ्रम से मनुज मृत्यु को कहाँ याद रखता है,
प्रति पल प्रति छण वह धन पाने की चेष्टा करता है,
जीवन के अन्त्य छणो तक वह जीने की इच्छा रखता है,
निज संतति सुख हेतु सदा वह मन में चिंतित रहता है
लोभ, मोह, माया भ्रम, आत्मा शुद्ध न होने देते,
प्रति पल उसके विचार उसको कष्ट अधिक हैं देते,
इन्हीं कारणों से मानव की मृत्यु दुखद होती है,
इन्हीं विचारों के कारण उसको पीड़ा होती है,
अन्त्य समय में उसे पूर्ण जीवन स्मृति होती है,
अन्त्य छणो में सम्मुख उसके सभी कर्म होते हैं,
भले बुरे सब कर्मों के फल भी सम्मुख होते हैं
स्वयं मृत्यु जब सम्मुख आकर उसे निमंत्रण देती,
तक्षण धन को भूल स्वयं उसकी ये चेष्टा होती,
" काश मुझे कुछ छण का जीवन और अगर मिल जाता,
तो मेरे जीवन का अंतिम लक्षय पूर्ण हो जाता "
इन्हीं विचारों में जब मानव लीन स्वयं होता है,
तक्षण उसके जीवन का वह काल पूर्ण होता है,
प्राण पखेरू निकल के तन से उसके उड़ जाते हैं,
अपने कहने वाले सब ही लोग बिछुड़ जाते हैं
इसी क्रिया को दुनियां के सब लोग मृत्यु कहते हैं
और इसे मानव जीवन के समाप्ति की संज्ञा देते हैं!!!

106) चीटी के प्रति!

ढो रही है तू कितना भार,
ला रही है अपना आहार,
अरे तू सहती कष्ट अपार,
यही है तेरे सुख का सार,
तेरा जीवन है बड़ा कठोर
नहीं है इसका कोई छोर,
देख कर तेरा ये तप घोर,
हो रहा हूँ मैं भाव विभोर!!

107) शिक्षा

शिक्षा से बुद्धि का विकास होता है,

शिक्षा से ज्ञान का विस्तार होता है,

शिक्षा के द्वारा ही ये सब काम होता है

शिक्षा के द्वारा आदमी का मान होता है

शिक्षा के द्वारा व्यक्ति का सम्मान होता है,

शिक्षा के कारण आदमी का पेट पलता है

शिक्षा के कारण विश्व का इतिहास चलता है

शिक्षा के द्वारा रूढ़ियों का नाश होता है

शिक्षा के द्वारा कुरीतियों का विनाश होता है

शिक्षा के द्वारा धर्म का भी ज्ञान होता है

शिक्षा से ही समाज का उत्थान होता है!!

शिक्षा सभी को चाहिए,

शिक्षा को पाना चाहिए,

शिक्षा के लिए मनुष्य को

संघर्ष करना चाहिए,

शिक्षा को पाकर फिर,

उसे आदर्श बनना चाहिए!!

108) क्या जरूरत है सज के आने की

क्या जरूरत है सज के आने की
नज़र लग जाए न ज़माने की!

बात करता वो मेरे सामने आखिर क्या क्या,
जिद तो थी राज को छुपाने की

इतना आसान नहीं होता है कुछ कर पाना,
ज़िंदगी जंग है ज़माने की

कौन कहता है उसे मेरा पता याद नहीं
ज़िद है लकिन वो ही मनाने की

जितनी हद है वहां तक तो वो जायेगा ही
सरहदें होती नहीं उड़ानों की

मुमकिन नहीं वो लम्हे कभी लौट के आएं
बात पूछो न इन टूटे हुए मकानों की

वया जरूरत है सज के आने की
नज़र लग जाये न ज़माने की!

109) नव जागरण उद्घोष, शंखनाद हो हिंदी!

जन-जन को जोड़ती हुई, बढ़ती जो निरंतर
हर मोड़ पे नव रूप में, आबाद हो हिंदी,
नव जागरण उद्घोष,शंखनाद हो हिंदी!

थामे थे जिसका हाथ, आज़ादी के सिपाही
वो "जय हिन्द" के उद्गार, सिंघनाद हो हिंदी,
नव जागरण उद्घोष, शंखनाद हो हिंदी!

कहता है कौन आज ये, बाजार की हिंदी,
बाजार का आधार, नव आह्लाद हो हिंदी,
नव जागरण उद्घोष, शंखनाद हो हिंदी!

हर भाषा भाव से कंही, उन्नत है शब्द कोष,
देती सभी को सीख राष्ट्रबाद की हिंदी
नव जागरण उद्घोष, शंखनाद हो हिंदी!

आओ करें शपथकी नव उत्थान को हिंदी,
अब हिन्द महादीप का, संबाद हो हिंदी,
जिंदाबाद हो हिंदी, जिंदाबाद हो हिंदी
नव जागरण उद्घोष, शंखनाद हो हिंदी!

110) आदत भी है बलाय रे भैया, आदत भी है बलाय।

खेल-खेल मे शौक-शौक मे
देखो ये लग जाय,
लागी सी फिर ना ये छूटे,
छूटे जग मुश्किल पड जाय
आदत भी है बलाय रे भैया, आदत भी है बलाय।

कमजोरी ये है इन्सां की
बस लाचार बनाय,
भली बुरी कैसी भी आदत
सही कही ना जाय
आदत भी है बलाय रे भइया, आदत भी है बलाय।

बात पते की सुनो सयाने लोग गये बतलाय,
जो ना बदले आदत अपनी खुदा बदल ना पाए,
आदत भी है बलाय रे भैया,आदत भी है बलाय।

111) नव वर्ष सन्देश!!

नया वर्ष कहता है प्रतिपल,

नया कार्य कर दिखलाओ,

इस दुनियां में भाइयों अपनी

कर्मठता तुम दिखलाओ,

मुझे गंवाया व्यर्थ ही तुमने तो भाइयो पछिताओगे,

इस जीवन में भाइयो फिर तुम दुःख ही दुःख को पाओगे,

यारो मेरा उपयोग करो मैं तुम्हें बताये जाता हूँ

मिलकर के नए सुयोग गढ़ो

मैं तुम्हें जगाये जाता हूँ!!

112) माँ अम्बे भक्तों को वर दो।

माँ मनमोहनि मूरत तेरी
हृदय बसी माँ सूरत तेरी
भक्तवत्सला मातु भवानी
अभय दान दे साहस भर दो
माँ अम्बे भक्तों को वर दो।

पावन भाव भक्तिमय कर माँ
कर आशीष शीश पर धर माँ
जीवन ज्योति प्रकाशित कर माँ
दूर अंधेरे मन के कर दो
माँ अम्बे भक्तों को वर दो।

जय शक्ति रूप जय बलदाता
जय महादयालू सुखदाता
घट घट वासिनि जय जगमाता
पीड़ा दुःख तमस माँ हर दो
माँ अम्बे भक्तों को वर दो।

113) चलो करें मतदान।

चलो करें मतदान साथियो
चलो करें मतदान।

लोकतंत्र का पर्व यही है
हो इसका सम्मान
शक्ति अनोखी ये हम सबकी की
लें इसको पहचान
चलो करें मतदान सखी री
चलो करें मतदान।

एक वोट है एक ईंट सम
करे राष्ट्र निर्माण
जाति धर्म सब भेद भूल कर
करें राष्ट्र उत्थान
चलो करें मतदान रे भइया
चलो करें मतदान।

हमने देखे अत्याचारी
लूट पाट करते थे भारी,
लोकतंत्र की ताकत अब है
सचमुच बहुत महान,
चलो करें मतदान रे बबुआ
चलो करें मतदान।

खेल खत्म हो भ्रष्टाचारी
दूर हो आतंकी बीमारी
हमें न छल दे फिर से कोई
हम सब लें ये जान
चलो करें मतदान रे बापू
चलो करें मतदान।

आई है हम सब की बारी
चलो करें हम भागीदारी
और निभायें जिम्मेदारी
सब करके मतदान
चलो करें मतदान भाइयों
चलो करें मतदान।

114) समझ लेओ होरी है।

जब छावै अजब सो खुमार
रंगन की बरसै फुहार
गलिन मैं घूमै मिल सब यार
फाग गावैं जबहीं हुरयार
समझ लेओ होरी है।

होवै बरसाने में लट्ठमार
करैं बरजोरी सब नर नार
प्यार की होवै जब तकरार
सजनवा जबहिं दिखावैं प्यार
समझ लेओ होरी है।

जब भौजी लगें दिलदार
रंगैं बार बार
करें आंखें चार
बचावै ना कोई जब यार
समझ लेओ होरी है।

पीके भंगिया दिखैं सब चार
हंसै सब यार
अम्मा बनी थानेदार
दद्दा चटावैं अचार
समझ लेओ होरी है।

पकर सब घर लै जावैं यार
खिलावैं गुझिया बारम्बार
गले मिल होवै हर्ष अपार
प्रेम रस की जब हो बौछार
समझ लेओ होरी है।

होरी है ....

115) देखो फिर से आया बसंत।

मन मगन मयूरे घूम उठे,
पादप पल्लव सब झूम उठे
हर ओर नई आभा छाई
ज्यों प्रकृति सुन्दरी मुस्काई
भर दामन में खुशियाँ अनन्त
देखो फिर से आया बसंत।

सोने सी सरसों सरसाई
महके मद मादक अमराई
मनमीत मगन महि हर्षायी
चली मन्थर मन्थर पुरवाई
गुन गुना रहे ज्यों दिग-दिगंत
देखो फिर से आया बसंत।

मद मस्त मगन मनमोहक सी
सज्जित वाला भोली भाली
ऐसी है छाई हरियाली
आओ सखि कह दें बात वोही,
जो रोज नहीं कहने वाली
अनुराग मुझे उर धीर नहीं
मन की कहने दो आज कंत
देखो फिर से आया बसंत।

116) सुन्दर पावन धरा भारती

कल कल करती गाती गंगा जय जय गान उचारती
सुन्दर पावन धरा भारती देवभूमि जग तारती।

वीर प्रसविनी पुण्य भूमि तू
जन गण भाग्य संवारती
सवा अरव पुत्रों की जननी
महामातु माँ भारती।
कल कल करतीं गाती गंगा जय जय गान उचारती
सुन्दर पावन धरा भारती देवभूमि जग तारती।

ऋतुएँ अदल-बदल कर खुद से
आँगन तेरा बोहारतीं
प्रहरी वन सागरमाथा की,
चोटी तुम्हें निहारती।
कल कल करतीं गाती गंगा जय जय गान उचारती
सुन्दर पावन धरा भारती देवभूमि जग तारती।

प्रकृति स्वयं आ बसे जहां पर
माँ का रूप संवारती,
सागर धोता चरण तुम्हारे
हिमगिरि गाता आरती।
कल कल करतीं गाती गंगाजय जय गान उचारती
सुन्दर पावन धरा भारती देवभूमि जग तारती।

117) जिंदगी दुल्हन है एक रात की।

तेरी मेरी दो पल की मुलाकात सी
जिंदगी दुल्हन है एक रात की।

देखो कैसी तैयारी है इक शाम को
कैसे पूरा करें मिल के सब काम को,
सात फेरों से जीवन के सब फेर हैं
सात रंगों की दिलकश है सौग़ात सी
तेरी मेरी दो पल की मुलाकात सी
जिंदगी दुल्हन है एक रात की।

रात बीते छुपे चाँदनी चाँद की
रात लाती सितारों की बारात सी
वक्त का कुछ यहाँ पर अजब ढंग है
चार दिन चांदनी फिर तिमिर संग है
आज में ही निहित हैं सभी बात सी
तेरी मेरी दो पल की मुलाकात सी
जिन्दगी दुल्हन है एक रात की।

118) नव वर्ष अभी भी बाकी है

कर रहे रोज मिल कर प्रयास
पर पूरी होती नहीं आस
जब तक जन जन के जीवन में
नववर्ष न लाये हर्ष खास
दिखती बस फक़त उदासी है
नव वर्ष अभी भी बाकी है।

तेरा मेरा का भाव नहीं,
हमने सब को ही अपनाया
ठिठुरन सर्दी के मौसम में
हैप्पी न्यू ईयर हमने गाया
मावस पूनम जो बता सके
मधुमास दूर वो काफी है
नव वर्ष अभी भी बाकी है।

जब बदल जाय ग्रह वक्र चाल
भारत की जग में हो मिसाल
अपराध बोध और खेद न है
बेटा बेटी का भेद न है
न रोटी कहीं सियासी है
ऐसी न जब तक झांकी है
नव वर्ष अभी भी बाकी है।

119) कान्हा बतिया बनावत कोरी

कान्हा बतिया बनावत कोरी
खावत मोरा माखन चोरी चोरी।

बेर बेर मैं कहन कौ आऊँ
सुन ले जसोदा मोरी,
कंकर मारत मटकी फोरत
लुकि जाय झारिन ओरी
आगे आगे कान्हा चालै
पाछे ग्वालन टोरी
एक बेर की होय तो छोड़ें
रोज करत बरजोरी

कान्हा बतिया बनावत कोरी
खावत मोरा माखन चोरी चोरी।

120) पिया कब तक निहांरू मैं अब द्वार पे...

पिया कब तक निहांरू मैं अब द्वार पे
डाल दो एक नजर मेरे श्रृंगार पे।

चैन चूड़ी चुराती रही रात दिन,
मैंने काटे विरह के सभी पल हैं गिन
चौंक उठती हूँ पायल की झंकार पे
ध्यान दो कुछ मेरी आज मनुहार पे

पिया कब तक निहारू मैं अब द्वार पे।
डाल दो एक नजर मेरे श्रृंगार पे।

राह तकती तुम्हारी मैं दिल थाम के
सिर्फ वादे तुम्हारे सुबह शाम के,
धडकनें बढ़ रहीं रात श्रृंगार की
आ भी जाओ कि ऋतु आ गई प्यार की
मुझको पूरा यकीं है मेरे प्यार पे,

पिया कब तक निहारू मै अब द्वार पे
डाल दो एक नजर मेरे श्रृंगार पे।

121) तब तक दीवाली बाकी है।

जब राम राज्य कल्पना मात्र
चहुँ ओर दिखें त्रैताप व्याप्त
गृह लक्ष्मी जब है व्यथित क्लान्त
है बहुत दूर सुख और शांति
जीवन बस आपाधापी है
तब तक दीवाली बाकी है।

ढाबे का छोटू उदास है
घर का न कोई भी पास है
फुलवा ने बेंचे दिये रुई
जुगनू की बिक्री हुई नहीं
जब तक कुछ ऐसी झांकी है
तब तक दीवाली बाकी है।

वो अवध जहाँ अवधेश हुए
उनको भी कितने क्लेश हुए
सौगन्ध रोज झूठी खा लो
मर्यादा पुरुषोत्तम को भी
मर्याद न्याय की दिखवा लो
जब तक मंदिर निर्माण नहीं चेहरे हैं मलिन उदासी है
तब तक दीवाली बाकी है।

122) जन्मे कृष्ण कन्हाई।

बाजे नन्द के घर पे बधाई,
आज हैं जन्मे कृष्ण कन्हाई।

चहुँ दिश अजब सी मस्ती छाई
सृष्टि ने माया अजब रचाई
समझ में कंस के कछु नहीं आई
घटा काली काली घिर आई

बाजे नन्द के घर पे बधाई
आज हैं जन्मे कृष्ण कन्हाई।

सकल जग पावन हुइ तर जाई
आरती सब देवन मिल गाई
जमुना जी दर्शन पा हर्षायीं
सगुन सब मंगल देत दिखाई

बाजे नन्द के घर पे बधाई
आज हैं जन्मे कृष्ण कन्हाई।

123) नेह का बन्धन रक्षा बंधन

उर विच बसता प्रेम पुरातन,
पावन पर्व चिरन्तन
नेह का बन्धन रक्षा बंधन।

हर कच्चे धागे में समाहित
रक्षा भाव प्रबलतम
कह लो राखी कहो सलूनो
या कहो अवनि अवत्तम
भाई बहन का पर्व ये पावन
सब पर्वों में उत्तम
हर्षित हरी भरी धरती का
प्रेम पूर्ण अभिनंदन

उर विच बसता प्रेम पुरातन
पावन पर्व चिरन्तन
नेह का बन्धन रक्षाबंधन।

सबसे सुन्दर सबसे प्यारा
भाई बहन का प्यार
स्नेह ही सर्वोत्तम उपहार
झगड़ना प्रेम पूर्ण अधिकार
भूलकर वो पिछली तकरार
विहंस हिलमिल होता त्योहार

रक्षा सूत्र एकता सम्बल
जोड़ता समाजिक बन्धन

उर विच बसता प्रेम पुरातन
पावन पर्व चिरन्तन
नेह का बन्धन रक्षा बंधन।

124) हिन्दी भारत की प्राणवायु जीवन्त सरल जन भाषा है।

हिन्दी भारत की प्राणवायु,
जीवन्त सरल जन भाषा है।
भारत का गौरव उच्च भाल
जन गण मन की परिभाषा है
लिपि देवनागरी है उन्नत,
कवि कोविद की अभिलाषा है
समृद्ध विरासत की अपनी
सौभाग्य सिन्धु ये भाषा है
जीवन पथ आलोकित करती,
तुलसी रामायण गाथा है
आजादी का ये प्रथम घोष
वीरों की भाग्य विधाता है
संचार ज्ञान का है करती
छात्रों की ज्ञान पिपासा है
भारत भू की अभिव्यक्ति सहज
नव भारत की नव आशा है।
हिन्दी भारत की प्राणवायु
जीवन्त सरल जन भाषा है।

125) विष दे झूठा विश्वास न दे

विष दे झूठा विश्वास न दे
जो तुझसे पूरी हो न सके
मुझको ऐसी कोई आस न दे

मैं एक अनाड़ी मतवाला,
तुम एक रूपसी मृदुवाला
मैं हां बस हां कहने वाला
क्यों प्रेम व्याकरण रच डाला
मैं काल गरल पीने वाला,
तू मुझको छद्म मिठास न दे

विष दे झूठा विश्वास न दे
जो तुझसे पूरी हो न सके
मुझको ऐसी कोई आस न दे।

मैं भोला भाला प्रेम पथिक
तुम छैल छबीली गोरी हो
मैं सतत् एक पथ का राही
तुम चंचल चन्द्र चकोरी हो
यूँ अपलक नैन न देख मुझे
अब कोई प्रेम पिपास न दे

विष दे झूठा विश्वास न दे
जो तुझसे पूरी हो न सके
मुझको ऐसी कोई आस न दे।

126) कर लो मुझे स्वीकार अब तुम भी प्रिये।

धन धान्य जीवन धन निछावर,
कर रहा हूँ मैं प्रिये,
प्रेम-पथ की सहचरी बन रूपसी,
कर लो मुझे स्वीकार, अब तुम भी प्रिये।

हाथ अपना आज दे दो हाथ में
सौभाग्य से हम तुम मिले हैं साथ में,
आशीष हमको दे रहे धरती गगन
और फिर साक्षी बनी पावन अगन
दे दिये मैंने तुम्हें सातों बचन
बांधता अब प्रीत बन्धन में प्रिये
कर लो मुझे स्वीकार अब तुम भी प्रिये।

पूर्व में थीं स्वप्न में तुम दूर सी
चांद के विखरे हुए कुछ नूर सी
बन के मेरी संगिनी सहधर्मिणी
आज फिर सौभाग्य से तुम मिल गईं,
व्यग्र उर में प्रीत की सतरंग कलियाँ खिल गईं
साथ हम मिल कर रहेंगे अब प्रिये
कर लो मुझे स्वीकार अब तुम भी प्रिये।

127) हे नीलकंठ शिव महाकाल।

जय आशुतोष जय प्रभु कृपाल
हे नीलकंठ शिव महाकाल।

हे आदि देव त्रिपुरारि हरे
जयशंकर शिव भयहारि हरे
जय भूतनाथ अवढर दानी
जय गंगाधर धर विष व्याल
जय आशुतोष जय प्रभु कृपाल
हे नीलकंठ शिव महाकाल

जय डमरू धर जय नन्दीश्वर
जय परम पिता जय परमेश्वर
जय आदिदेव जय महादेव
जय महाप्रभु जय चन्द्रभाल
जय आशुतोष जय प्रभु कृपाल
हे नीलकंठ शिव महाकाल।

कैलाश पती जय जगत पती
जय त्रैलोचन जय भयमोचन
जय कृपासिन्धु संकट मोचन
करते सीधी गृह वकृ चाल
जय आशुतोष जय प्रभु कृपाल
हे नीलकंठ शिव महाकाल।

128) सतगुरु शरण जगत की तरनी।

मोह माया है ज्ञान कतरनी
सतगुरु शरण जगत की तरनी।

लख चौरासी योनि भटकनी
जैसी करनी वैसी भरनी
पाप की गठरी शीश न धरनी
सतगुरु कृपा पार वैतरनी

मोह माया है ज्ञान कतरनी
सतगुरु शरण जगत की तरनी।

मन की गति है सतत् विचरनी
फिर फिर आकर फिर वही करनी
कटुक वचन पर अमृत वरनी
सकल जगत पर पीड़ा हरनी

मोह माया है ज्ञान कतरनी
सतगुरु शरण जगत की तरनी।

सतगुरु की महिमा अनत जानहिं जाननहार,
जो जानेह सो तर गये हुइ भव सागर पार।

129) हम सफर में रहे हमसफर के लिए।

पास जितने बढ़े दूरियां बढ़ गईं,
एक मारीचिका सी सतत् अड़ गई,
चलते चलते उमर सीढ़ियाँ चढ़ गई,
आज तरसे नजर एक नजर के लिए
हम सफर में रहे हमसफर के लिए।

टूटता रूप को देख दर्पण रहा,
आधा दर्शन रहा आधा अर्पण रहा
मौन स्वीकृति में आधा समर्पण रहा
आज है एक कसक उस कसर के लिए
हम सफर में रहे हमसफर के लिए।

राह जितनी चली थी अधूरी चली,
ख्वाब जितने बुने थे अधूरे बुने
फूल जितने चुने थे अधूरे चुने
आधा सजदा दुआ में असर के लिए।
हम सफर में रहे हमसफर के लिए।

130) मन का मन्दिर देवालय तो, तन का मन्दिर शौचालय

मन का मन्दिर देवालय तो,
तन का मन्दिर शौचालय,

मानव निर्मित दोनों स्थल
देवालय या शौचालय,
हम दोनों को छोड़ विचरते और
ढूँढते मदिरालय।

लय में आना बहुत जरूरी,
बनवा लेना शौचालय
सभ्य हमारा हो समाज जब
हर चौरस्ते शौचालय।।

131) दिल जो टूटा कभी भी कलमकार का

दिल जो टूटा कभी भी कलमकार का,
ये कलम शब्द के पार फिर जाएगी।

वेदना की घनीभूत पीड़ा निकल,
तीर सी चीर कागज का उर जाएगी।

चार दिन चांदनी ही मिले चाँद को,
रात घनघोर मावस की फिर आएगी।

स्वप्न सजते समय के बियावान में,
टूटने से कहानी ठहर जाएगी।

अश्रु की बूंद गिर स्वाति सीपी सरिस,
भाव के मोतियों सी बिखर जाएगी।

132) वो लोग हैं असली मतवाले।

जीवन बगिया में खिलते हैं,
सब फूल यहाँ सुख दुःख वाले।
दोनों में जो सम रहते हैं,
वो लोग हैं असली मतवाले।
सुख में हर्षित आह्लादित हों
दुःख में भी भाव समर्पण हो
ठहराव न हो जीवन पथ में,
चलते रहना हिम्मतवाले
जीवन बगिया में खिलते हैं,
सब फूल यहाँ सुख दुःख वाले
दोनों में जो सम रहते हैं वो लोग हैं असली मतवाले।

दुःख पीड़ा दुसह व्यथित करती
सहने का सम्बल भी भरती,
सुख हर्ष भाव है खुशियों का,
सुख दुख को सहज सहन करते
जो होते हैं मेहनत वाले।
जीवन बगिया में खिलते हैं
सब फूल यहाँ सुख दुःख वाले
दोनों में जो सम रहते हैं वो लोग हैं असली मतवाले।

133) स्वच्छता संकल्प ले हम सब उतारें आरती,

माँ भारती सी पूज्य गंगे मातु जल तुम धारतीं,
स्वच्छता संकल्प ले हम सब उतारें आरती,

पावन हमारे मन रहें, हम स्वच्छता का वृत धरें,
भागीरथी वरदान दो माँ दिव्य तेरा जल भरें,

रोकें, न दूषित जल करें, हम सब अमल इस पर करें,
मातु तुम जीवन प्रदायिन कृषक भाग्य संवारती,

स्वच्छता संकल्प ले हम सब उतारें आरती।
पूज्य पूर्वज तृप्त कर हर्षित भगीरथ थे हुए,

हे देवनदि सौभाग्यशाली हम तुम्हें पाकर हुए,
आज फिर उस पूर्व गौरव को सभी चिन्तित हुए,

जल लिए निर्मल सदा कल कल रहो उच्चारतीं,
स्वच्छता संकल्प ले हम सब उतारें आरती।

134) मेहमान

मेहमान है भगवान का एक रूप निराला,
अपनी ये रवायत रही सबसे जुदा आला।

मान हो सम्मान हो समुचित मिले स्थान,
पहले हो उनका भोग तभी तोड़ें निवाला,

सब क्षेम कुशल पूछ वक्त साथ वितायें,
हो भाव अतिथि देव से है घर में उजाला

ईश्वर से करें प्रार्थना दें शक्ति वो ऐसी,
होकर प्रसन्न जाये अतिथि घर आने वाला

जिस घर में अतिथि देव का आदर सदैव है
उस घर को स्वयं ईश ने वर दे के संभाला।

135) तुम जो हमको मिले हमसफर मिल गया

तुम जो हमको मिले हमसफर मिल गया
राह भूले मुसाफिर को घर मिल गया।

है यही आरजू साथ हो हमसफर
हमसफर मिल गया सब जहां मिल गया।

प्यास होठों पे आके मचलने लगी,
तृप्ति का इक नया सिलसिला मिल गया।

एक सूखी नदी आज बहनें लगी,
गंगा जल का हमे आचमन मिल गया।

फूल खिलने लगे बाग रौशन हुआ,
बुलबुलों को चमन का पता मिल गया।

मुस्कराहट मिली कुछ हंसी मिल गयी,
प्यार का इक नया फलसफा मिल गया।

चाँदनी भी विहँस गुनगुनाने लगी,
चाँद जगमग सितारों को घर मिल गया।